CÓMO DOMINAR LA

ORTOGRAFÍA MODERNA

JOSÉ ESCARPANTER

CÓMO DOMINAR LA ORTOGRAFÍA MODERNA

EDITORIAL PLAYOR

Estimado cliente:

Queremos agradecer su confianza en nuestros libros.
Si desea ampliar información sobre nuestras publicaciones y recibir interesantes ofertas, envíe su nombre y dirección al

DEPARTAMENTO DE ATENCIÓN AL CLIENTE
EDITORIAL PLAYOR
Apartado 50.869
28080 Madrid

o llámenos al 91 - 369 0652

CÓMO DOMINAR LA ORTOGRAFÍA MODERNA

47ª edición, julio de 1999

Alberto Bosch, 10
28013 Madrid
Tel: 91 369 0652
Fax: 91 369 4441

Cubierta: Rogelio Quintana

ISBN: 84-359-0684-1
Depósito legal: M-28.892-1999

Impreso en España / Printed in Spain
Talleres Gráficos Peñalara
Ctra. Villaviciosa-Pinto, km 15,180
Fuenlabrada, Madrid

ÍNDICE

1. La sílaba

1.1. Lea cuidadosamente las siguientes palabras:

celeste	retraso	agradecido
reclama	pan	podremos
atleta	pluma	África
perspicaz	respira	probable
obstáculo	tlascalteca	afluye
glotón	inmune	consternado
sin	esclavo	ayuda
esclavitud	emplazar	breve
sílaba	habla	transformaban
oreja	pez	considerado

Qué es la sílaba

1.2. Sabemos que las palabras están compuestas de sílabas. *La sílaba es el fonema o conjunto de fonemas que se pronuncian con cada una de las intermitencias de voz.*

En español hay por lo menos una vocal en cada sílaba, y una vocal sola puede constituir sílaba.

Las consonantes, por el contrario, no pueden formar sílabas por sí mismas; necesitan siempre de una vocal.

Reglas de la división silábica

1.3. La lengua española divide los sonidos por sílabas según las siguientes normas:

1) Una sola consonante entre dos vocales se agrupa con la segunda sílaba: *me-sa, lá-piz, a-gu-je-ro.*

2) En un grupo de consonantes iguales o diferentes entre dos vocales, la primera consonante se une a la vocal anterior y la segunda a la siguiente: *in-men-so, gim-nas-ta, a-cier-to.*
Esta regla tiene una excepción: los grupos consonánticos **pr, pl, br, bl, fr, fl, tr, dr, cr, cl, gr, gl,** se unen a la vocal siguiente: *a-pre-sa-do, a-pla-zar, a-bra-zo, a-blan-dar, re-fres-co, a-flo-jar, a-tra-ve-sar, a-dre-na-li-na, a-cre-cen-tar, a-cla-rar, a-gra-de-cer, a-glu-ti-nar.*
Las consonantes dobles en la escritura **ch, ll, rr,** responden a un solo fonema, por lo que se consideran a los efectos de la separación silábica como una sola consonante y siguen, por tanto, la regla 1: *a-chi-na-do, ca-lle, ce-rro.*
En las palabras con **h** intercalada se dividen las sílabas según la regla 2, aunque en la pronunciación esta **h** no aparece: *in-ha-la-ción, al-ha-ra-ca, des-ho-lli-nar.*
3) El grupo **tl,** a principio de palabra, forma sílaba con la vocal siguiente: *tlas-cal-te-ca.* En medio de sílaba, la Academia acepta que se divida según la regla 2 (*At-lán-ti-co)* o según la excepción de esta regla: *A-tlán-ti-co.*
4) En un grupo de tres consonantes, las dos primeras se unen a la vocal precedente y la tercera a la siguiente: *trans-mu-tar, obs-ta-cu-li-zar, cons-pi-rar.*
Esta regla tiene una excepción: Si en el grupo de las consonantes las dos últimas forman los conjuntos **pr, pl, br, bl, fr, fl, tr, dr, cr, cl, gr, gl,** se unen a la vocal siguiente: *des-pre-cio, em-pla-zar, con-flu-yen-te, en-gran-de-cer, en-tre-gar.*
5) En un grupo de cuatro consonantes, las dos primeras se unen a la vocal precedente, y las dos últimas a la siguiente: *obs-truc-ción, trans-gre-dir.*

EJERCICIO

1.4. Aplique las reglas de la división silábica a la lista de palabras del número 1.1.

______	______	______
______	______	______
______	______	______
______	______	______
______	______	______
______	______	______
______	______	______
______	______	______
______	______	______
______	______	______

Clases de sílabas

1.5. Como puede observar, en las sílabas de las palabras del número 1.4 hay unas que terminan en vocal y otras que terminan en consonante. Las sílabas que terminan en vocal reciben el nombre de **sílabas libres,** y las que terminan en consonante reciben el nombre de **sílabas trabadas.** Señale diez sílabas libres y diez sílabas trabadas, de las palabras que ha escrito en 1.4.

Libres

________ ________ ________ ________ ________

________ ________ ________ ________ ________

Trabadas

________ ________ ________ ________ ________

________ ________ ________ ________ ________

Clasificación de las palabras por el número de sílabas

1.6. Como ha podido observar, hay palabras de una sílaba, de dos sílabas, de tres sílabas, de cuatro sílabas y de cinco sílabas. Las palabras de una sola sílaba reciben el nombre de **monosílabas**.

Escriba las palabras monosílabas del número 1.4.

____________ ____________ ____________

1.7. Las palabras que tienen más de una sílaba reciben el nombre de **polisílabas,** que a su vez se dividen en varias clases. Las palabras polisílabas que tienen dos sílabas se llaman **bisílabas**.

Escriba las palabras bisílabas que aparecen en el número 1.4.

____________ ____________ ____________

____________ ____________ ____________

1.8. Las palabras polisílabas que tienen tres sílabas se llaman **trisílabas.**

Escriba las palabras trisílabas que aparecen en el número 1.4.

____________ ____________ ____________

____________ ____________ ____________

1.9. Las palabras polisílabas que tienen cuatro sílabas se llaman **tetrasílabas.**
Escriba las palabras tetrasílabas que aparecen en el número 1.4.

1.10. Las palabras polisílabas que tienen cinco sílabas se llaman **pentasílabas.**
Escriba las palabras pentasílabas que aparecen en el número 1.4.

1.11. Las restantes palabras polisílabas reciben el nombre de **hexasílabas** (seis sílabas), **heptasílabas** (siete sílabas) y **octosílabas** (ocho sílabas).
Escriba dos palabras que pertenezcan a cada una de estas clases.

Las palabras compuestas

1.12. Lea cuidadosamente las siguientes palabras:

desechar malestar nosotros desamparo vosotros

Su división silábica

1.13. Como puede observar, las palabras del número 1.12. son compuestas, formadas por la combinación de dos palabras o de un prefijo y una palabra aparte. En el caso de la palabras compuestas, la Academia permite que éstas se dividan según sus elementos o según las reglas generales de la separación silábica. Ambas normas son aceptadas.
Separe en sílabas, según un criterio u otro, las palabras del número 1.12.

Los diptongos y triptongos

1.14. Lea cuidadosamente las siguientes palabras:

aura	aéreo	poetas
pleito	estudio	Camagüey
apreciáis	sucesión	Europa
baile	cuota	aurora
ruido	persuasión	reo
causa	confiaremos	rosáceo
diablo	viuda	

1.15. Como puede observar, en las palabras del número 1.14 aparecen dos o tres vocales juntas. Cuando estas vocales forman una sola sílaba, se produce el **diptongo,** si las vocales son dos, y el **triptongo,** si las vocales son tres. Para que el diptongo se produzca es necesario que haya una vocal abierta (*a, e, o*) y una cerrada (*i, u*) o viceversa, o que ambas vocales sean cerradas. Para que el triptongo se produzca, es necesario que la vocal del medio sea abierta, y la primera y la tercera cerradas.

Escriba las palabras que presentan diptongo o triptongo en la lista del número 1.14.

1.16. Escriba las palabras del número 1.14 que no presentan diptongo o triptongo.

El hiato

1.17. Las palabras del número 1.16 tienen vocales contiguas abiertas *(a, e, o),* que no forman diptongo. Cuando esto ocurre, se dice que las vocales están en **hiato**, porque cada una forma sílaba aparte. Según esta regla, divida en sílabas las palabras del número 1.16.

1.18. Lea cuidadosamente las siguientes palabras:

caída	grúa	pía	amarías	púa
veía	ríes	raíz	reúne	María

1.19. Como puede observar, en las sílabas del número 1.18 hay vocales contiguas abiertas (*a, e, o*) y cerradas (*i, u*) o viceversa, pero no forman sílaba porque el acento fonético sobre la vocal cerrada destruye el diptongo. En estos casos, se dice también que estas vocales están en hiato, porque forman sílabas diferentes. Divida en sílabas las palabras del número 1.18.

Ejercicio

1.20. Aplique las reglas de la división silábica a las siguientes palabras:

allanar	________	*poético*	________
chinchorro	________	*excelente*	________
inaudito	________	*prescindir*	________
desaliento	________	*abstracto*	________
Alhambra	________	*hipocresía*	________
corroer	________	*prohombre*	________
sustraer	________	*achicar*	________
herejía	________	*truhán*	________

aeronáutica	__________	*cobardía*	__________
atleta	__________	*exhumar*	__________
deshidratado	__________	*maíz*	__________
fehaciente	__________	*superhombre*	__________
inscrito	__________	*obstruir*	__________
abstención	__________	*adscribir*	__________
alhaja	__________	*abstemio*	__________

La división a final de renglón

1.21. Al dividir una palabra a final de renglón, hay que seguir la siguientes reglas:

1) Aplicar las normas generales que hemos visto.
2) No debe dejarse una vocal sola a final o principio de reglón. Por tanto, no podemos dividir: *habí-a* o *a-gareno.*
   Cuando la palabra está compuesta por una sola vocal, sí puede colocarse al final o principio de reglón.
   Es correcto, pues, escribir: ... *voy/a Buenos Aires; Mariano e /Isabel.*

EJERCICIOS

1.22. Señale con una cruz las divisiones incorrectas que encuentre en las siguientes palabras, suponiendo que éstas se hallan a final o a principio de reglón:

___ *erróne-o*	___ *a-viación*	___ *i-rritado*
___ *María y/Lucía*	___ *atrevi-do*	___ *rí-o*
___ *Ella ven-dría*	___ *asechan-za*	___ *aére-o*
___ *Fuimos/a Santurce*	___ *o-rientación*	___ *apla-zar*

1.23. Localice las divisiones silábicas incorrectas que haya en la siguiente lista de palabras y escríbalas debidamente:

ba-laus-tra-da	__________	*es-ca-sear*	__________
re-u-nión	__________	*leí-do*	__________
bú-ho	__________	*con-fe-si-ón*	__________

nos-o-tros	______________	*jus-ti-ci-a*	______________
po-ten-ci-ar	______________	*ha-gáis*	______________
oí-a-mos	______________	*reu-nión*	______________
i-lus-tra-ci-ón	______________	*mi-ér-co-les*	______________
pa-ís	______________	*a-car-rear*	______________
en-tor-pe-cí-a	______________	*Bil-bao*	______________
rel-le-nar	______________	*rau-do*	______________
ac-hi-car	______________	*ca-os*	______________
ce-leb-rar	______________	*no-so-tros*	______________
pro-hi-jar	______________	*des-u-nión*	______________
cons-truir	______________	*pan-te-ón*	______________
le-gí-ti-mo	______________	*di-luir*	______________

Expresiones en una sola palabra

1.24. Existen expresiones compuestas que se escriben en una sola palabra, y otras que se escriben separadas. Entre las expresiones que se escriben en una sola palabra, se encuentran:

abajo	antecámara	besamano
acaso	antedicho	bienestar
acerca	antefirma	bienhechor
adelante	antemano	bienmesabe
además	anteojo	conmigo
adentro	antepasado	contramaestre
adonde	antesala	contraorden
adrede	aparte	contrapeso
afuera	apenas	contratiempo
ahora	aprisa	cualquiera
alrededor	arriba	cualesquiera
anoche	asimismo	cumpleaños
antenoche	atrás	debajo
anteayer	aunque	dondequiera
antebrazo	bajamar	encima

enfrente
enhorabuena
entreacto
entresuelo
entretanto
entretiempo
entrevista
extremaunción
ferrocarril
guardabarrera
guardabosque
guardacostas
guardagujas
guardapolvos
guardarropa
limpiabarros
limpiabotas
malcriado
maldiciente
malestar
malgastar
mediodía
parabién
paracaídas
pararrayos
pasamano
pasaporte
pasatiempo
pisapapel
portamonedas
portaplumas
quehacer
quienesquiera
quienquiera
quitamanchas
quitasol
sacacorchos
sacamuelas
salvavidas
santiamén
semicírculo
sino
sinnúmero
sinvergüenza
siquiera
sobrehumano
sobremesa
sobrenatural
sobrepeso
sobreponer
sobrevivir
sordomudo
también
tiralíneas
todavía
vicecónsul
vicepresidente
vicerrector
vicesecretario
viceversa

EJERCICIO

1.25. Redacte veinte oraciones con algunas de las expresiones que se escriben en una sola palabra.

Expresiones en dos palabras

1.26. Entre las expresiones que se escriben en dos palabras, se encuentran:

a bordo	ante todo	en efecto
a cuestas	de antemano	en fin
a deshora	de balde	en medio
a destiempo	de donde	en pie
a gatas	de prisa	en seguida
alta mar	de pronto	en tanto
a mano	de pie	en vano
a medias	de repente	no obstante
a menudo	de sobra	por donde
a pesar	de veras	por fin
a pie	en balde	por supuesto
a propósito	en cuanto	por tanto
a tiempo	en derredor	sin duda
a veces	en donde	sin embargo

EJERCICIO

1.27. Escriba veinte oraciones con algunas expresiones que se escriben en dos palabras.

Expresiones en una o en dos palabras

1.28. Lea cuidadosamente las siguientes oraciones:

Dijo que vendría *en seguida*.
Todo estuvo a punto *enseguida*

Enfrente del castillo había una plaza.
Estaba sentado *enfrente* de mí.

¡*En hora buena* viniste!
Le di la *enhorabuena* por sus éxitos.
En hora mala dejé mi país.

El médico sabe el *porqué* de su conducta.
Estudia *porque* quiere saber más.
¿*Por qué* no sales con ella?
Ésas son las razones *por que* actúa así.

¿*Adónde* van con tanta prisa?
Voy al parque *adonde* me dijiste que irían los chicos.
El bosque *adonde* nos dirigíamos estaba lleno de niebla.
Llegaron *a donde* estábamos esperándoles.

1.29. Como puede observar, las expresiones **enseguida** y **enfrente** se pueden escribir en una o en dos palabras, aunque es preferible en una sola palabra.

En hora buena se escribe separada cuando equivale a un adverbio de modo.
Enhorabuena se escribe en una sola palabra cuando es sustantivo y significa felicitación, parabién.
En hora mala se escribe siempre separando sus tres elementos.

Se escribe **porqué** cuando es un nombre que equivale a motivo. (Siempre va precedido de artículo: el *porqué*; los *porqués*).
Se escribe **porque** cuando es una conjunción causal que introduce una oración que explica la razón de otra principal.
Se escribe **por qué,** con acento, cuando es pregunta. Equivale a por qué motivo, causa o razón.
Se escribe **por que** cuando se trata de la preposición **por** y el pronombre relativo **que,** que puede sustituirse por *el cual*, *la cual*, etcétera.

Se escribe **adónde** (una sola palabra acentuada) cuando es adverbio interrogativo.
Se escribe **adonde** (una sola palabra sin acento) cuando es adverbio en función de relativo. Se emplea cuando el antecedente está expreso y con verbos de movimiento.
Se escribe **a donde** (dos palabras, sin acento), cuando es adverbio con función de relativo y su antecedente *no* está expreso.

EJERCICIOS

1.30. Escriba enhorabuena o en hora buena, según convenga, en las siguientes frases.

¿Aprobaste? ______________________________

______________________________ *decidí apelar a ti.*

¿Cuándo te daremos la ____________________________ *por haber terminado tus exámenes?*

Que venga ____________________________

Le interesaba mucho la ____________________________ *de sus padres.*

1.31. Escriba *porqué, porque, por que* o *por qué,* según corresponda, en las siguientes oraciones:

¿ ____________________________ *trajiste tanto vino?*

Escribe muchas cartas ____________________________ *tiene muchos amigos lejos.*

No comprendo sus ____________________________.

Ésta es la campiña ____________________________ *cruzamos anoche.*

¿ ____________________________ *me dejaste solo en medio del partido de béisbol?*

____________________________ *sabe mucho, todos le preguntan siempre.*

El ____________________________ *que dice no me parece válido.*

¿Éste es el hombre ____________________________ *sufriste tanto?*

1.32. Escriba *dónde, adonde* o *a donde,* según corresponda, en las siguientes frases:

¿ ________________________ *piensas que puedo encontrar ese libro?*

Si vas ________________________ *te digo, podrás encontrarlo.*

Vamos ________________________ *quieres.*

No sé el nombre del pueblo ________________________ *vas.*

¿ ________________________ *nos veremos esta noche?*

1.33. Reescriba las oraciones con algún error.

Acaso quieran venir a pasar las vacaciones aquí.

____

Viajaban a bordo unas chicas muy hermosas.

Te la llamo enseguida.

La enhorabuena de la abuela le alegró.

Enmedio de los afanes, llegó ella.

Salió por que iba a recibir a unos invitados.

Sin duda que ella sabrá todo lo anterior.

Vino aciegas y lo pasó muy mal.

¡Sal conmigo y olvida tus penas!

Recibió muchos parabienes de los amigos.

Aceptó sus por qués sin chistar.

De repente ha llegado el verano.

¿Por qué quieres cambiar tu automóvil?

Vamos aprisa para llegar a tiempo.

La razón porque has esperado años, resulta tonta.

Hace frío a fuera de la casa.

Acostumbra venir muy amenudo.

Estaba muy alegre porque obtuvo un gran triunfo.

Trabajamos enbalde.

¿Vendrás deveras con nosotros?

¿A dónde vamos?

---

2. La acentuación

2.1. Pronuncie cuidadosamente las siguientes palabras:

recibir	hipódromo	salud
callábamos	óvalo	regímenes
dígamelo	lámpara	quizás
iban	interés	literario
noble	fotogénico	médico
útil	árbol	rápido
víbora	explícaselo	común
batallón	pared	cómpratelo
adversario	regional	mármol
sofá	leyes	marfil

El acento fonético

2.2. Como puede observar, en cada una de las palabras anteriores, existe una sílaba que tiene una mayor intensidad de pronunciación. La mayor intensidad de pronunciación de determinada sílaba recibe el nombre de **acento fonético.**

La sílaba tónica

2.3. Las sílabas en las que recae el acento fonético se llama **tónicas**.
Subraye las sílabas tónicas de las palabras que aparecen en 2.1.

División de las palabras por su acento

2.4. Agrupe las palabras del número 2.1 según la sílaba última, penúltima, antepenúltima o anterior a la antepenúltima en la que caiga el acento fonético:

2.5. En español, existen cuatro grupos o clases de palabras, según la sílaba en que recaiga el acento fonético: **agudas, llanas** o **graves, esdrújulas** y **sobresdrújulas.**

Las palabras agudas

2.6. Son palabras **agudas** las que tienen su acento fonético en la **última** sílaba. También reciben el nombre de **oxítonas,** pero esta denominación se utiliza muy poco en la actualidad.

Escriba a continuación las palabras agudas u oxítonas que aparecen en 2.1.

Las palabras llanas

2.7. Son palabras **llanas, graves** o **paroxítonas** las que tienen su acento fonético en la **penúltima** sílaba.

Escriba las las palabras llanas, graves o paroxítonas que aparecen en 2.1.

______________________ ______________________ ______________________

______________________ ______________________ ______________________

______________________ ______________________ ______________________

Las palabras esdrújulas

2.8. **Esdrújulas** o **proparoxítonas** son las palabras que tienen el acento fonético en la **antepenúltima** sílaba.

Escriba las palabras esdrújulas o proparoxítonas que aparecen en 2.1.

______________________ ______________________ ______________________

______________________ ______________________ ______________________

______________________ ______________________ ______________________

______________________ ______________________ ______________________

Las palabras sobresdrújulas

2.9. Son palabras **sobresdrújulas** las que tienen el acento fonético en la sílaba **anterior a la antepenúltima**.

Escriba las palabras sobresdrújulas que aparecen en 2.1.

______________________ ______________________ ______________________

______________________ ______________________ ______________________

EJERCICIO

2.10. Identifique las siguientes palabras según la sílaba donde recaiga el acento fonético: agudas (A), graves (G), esdrújulas (E) o sobresdrújulas (S).

___ *leve* ___ *habiéndomelo* ___ *espadas*

___ *festividad* ___ *cervezas* ___ *Jiménez*

___ *moribundo* ___ *prudentísimo* ___ *régimen*

___ *querubín* ___ *marqués* ___ *huracán*

___ *turbante*	___ *espíritu*	___ *Carmen*
___ *razón*	___ *cánones*	___ *sábado*
___ *obvio*	___ *café*	___ *cárcel*
___ *carácter*	___ *amor*	___ *escríbeselo*
___ *álbumes*	___ *cántara*	___ *pésimo*
___ *epígrafe*	___ *soldado*	___ *éxtasis*

El acento ortográfico

2.11. En las listas de palabras de los números 2.1 y 2.10 hay algunas que llevan un signo sobre la vocal de la sílaba acentuada, y otras no. Esto sucede porque en español, a diferencia de otras lenguas —el inglés, por ejemplo— existe, además del acento fonético, el **acento ortográfico.** El acento fonético tiene que ver sólo con la pronunciación de las palabras, pero el acento ortográfico corresponde a su escritura, y el uso obedece a reglas establecidas por la Real Academia Española.

El **acento ortográfico** es la representación gráfica por medio de un signo (´) del acento fonético. Este signo recibe el nombre de **tilde.**

EJERCICIOS

2.12. Confeccione dos listas con las palabras agudas de los números 2.1 y 2.10, según lleven acento ortográfico (tilde) o no lo lleven.

______________________	______________________
______________________	______________________
______________________	______________________
______________________	______________________
______________________	______________________
______________________	______________________
______________________	______________________
______________________	______________________
______________________	______________________
______________________	______________________

2.13. Lea cuidadosamente las palabras con tilde que acaba de escribir. ¿Cuáles son las letras finales de cada una de esas palabras?

____

2.14. Lea cuidadosamente las palabras que ha escrito y que no llevan tilde. ¿Cuáles son las letras finales de cada una de esas palabras?

____

Acentuación ortográfica de las palabras agudas

2.15. Según las listas de palabras del número 2.12, podemos comprobar que las palabras agudas terminadas en **vocal, n** o **s,** llevan acento ortográfico o tilde. De acuerdo con esta regla, escriba diez palabras agudas que lleven acento ortográfico o tilde.

______________ ______________

______________ ______________

______________ ______________

______________ ______________

______________ ______________

2.16. Según las listas de palabras del número 2.12, podemos comprobar que las palabras agudas terminadas en **consonante que no sea n** ni **s,** no llevan acento ortográfico o tilde. De acuerdo con esta regla, escriba diez palabras agudas que no lleven tilde.

______________ ______________

______________ ______________

______________ ______________

______________ ______________

______________ ______________

EJERCICIOS

2.17. Aplique a las palabras que aparecen a continuación las reglas de acentuación ortográfica de las palabras agudas.

desden	*escuchar*	*virrey*
principal	*candidez*	*despues*
jardin	*clamor*	*valdra*
llovio	*vendra*	*adalid*
tragaluz	*tambor*	*asi*
confeccion	*jamas*	*reaccion*
senti	*herir*	*zaguan*

2.18. Confeccione dos listas con las palabras llanas o graves de los números 2.1 y 2.10, según lleven acento ortográfico o no lo lleven.

____________________	____________________
____________________	____________________
____________________	____________________
____________________	____________________
____________________	____________________
____________________	____________________
____________________	____________________
____________________	____________________
____________________	____________________
____________________	____________________

Acentuación ortográfica de las palabras llanas

2.19. Lea cuidadosamente la lista de las palabras del número 2.18 que llevan tilde. ¿Cuáles son las letras finales de cada una de estas palabras?

____

2.20. Lea cuidadosamente la lista de las palabras del número 2.18 que no llevan tilde. ¿Cuáles son las letras finales de cada una de estas palabras?

____

2.21. Según las listas de palabras del número 2.18, podemos comprobar que las palabras graves o llanas terminadas en **vocal,** en **n** o en **s** no llevan tilde. De acuerdo con esta regla, escriba diez palabras llanas que no lleven acento ortográfico.

______________	______________
______________	______________
______________	______________
______________	______________
______________	______________

2.22. Según las listas de palabras del número 2.18, podremos comprobar que las palabras graves o llanas terminadas en **consonante que no sea n** ni **s,** llevan acento ortográfico o tilde. De acuerdo con esta regla, escriba diez palabras llanas, que lleven acento ortográfico o tilde.

______________	______________
______________	______________
______________	______________
______________	______________
______________	______________

EJERCICIO

2.23. Aplique a estas palabras las reglas de acentuación ortográfica de las palabras graves.

examen	*corbata*	*lava*
pluma	*facil*	*alferez*
escaso	*cesped*	*escuchaba*
fertil	*alegre*	*industria*
repetimos	*bombones*	*Gonzalez*
azucar	*alcazar*	*rosado*
periodista	*digo*	*animista*

Acentuación ortográfica de las palabras esdrújulas

2.24. Confeccione una lista con las palabras esdrújulas de los números 2.1 y 2.10.

___	___	___
___	___	___
___	___	___
___	___	___
___	___	___
___	___	___
___	___	___

2.25. Lea cuidadosamente la lista de palabras que acaba de escribir ¿Qué diferencia encuentra en ellas con respecto a las palabras agudas y llanas que hemos visto anteriormente?

___

2.26. Según la lista de palabras del número 2.24, podemos comprobar que **todas las palabras esdrújulas llevan acento ortográfico o tilde.** De acuerdo con esta regla, escriba diez palabras esdrújulas.

___	___
___	___
___	___
___	___
___	___

Acentuación ortográfica de las palabras sobresdrújulas

2.27. Confeccione una lista con las palabras sobresdrújulas de los números 2.1 y 2.10.

___	___
___	___
___	___

2.28. Lea cuidadosamente las palabras que ha escrito ¿Qué semejanza encuentra entre ellas y las palabras esdrújulas?

2.29. Según la lista de palabras del número 2.27, podemos comprobar que **todas las palabras sobresdrújulas llevan acento ortográfico.** De acuerdo con esta regla, escriba cinco palabras sobresdrújulas. (Conviene saber que, en la mayoría de los casos, las palabras sobresdrújulas llevan un pronombre añadido al que se llama «pronombre enclítico»).

Repaso

2.30. Resuma las reglas que rigen la acentuación ortográfica de cada una de las cuatro clases de palabras en español.

Agudas:

Llanas o graves:

Esdrújulas:

Sobresdrújulas:

EJERCICIO

2.31. Aplique las reglas de acentuación ortográfica a la siguiente lista de palabras.

America	*Esteban*	*mostaza*
telefono	*estera*	*cipres*
cartel	*musculo*	*lunes*
hipico	*automovil*	*examenes*
aqui	*sagaz*	*diganmelo*
español	*moral*	*dictamen*
seguid	*inutil*	*almibar*
violin	*telegrama*	*datil*
hipotesis	*mastil*	*Peru*
alla	*tapiz*	*avestruz*

La acentuación ortográfica en los diptongos y triptongos

2.32. Lea cuidadosamente las siguientes palabras:

huésped	jovial	láudano
fuego	diferenciáis	poético
comparación	puntapié	diócesis
desahuciar	miráis	estiércol
aire	hincapié	conferenciéis
después	telefoneo	croar
vuélvelo	cuidaos	averigüéis
náufrago	abuelo	ruido
golpea	terapéutico	también
diáfano	convoy	sepáis

2.33. Recordemos que el **diptongo** es la reunión en una misma sílaba de una vocal abierta (*a, e, o*) con una vocal cerrada (*i, u*) o de dos vocales cerradas.

El **triptongo** es la reunión en una misma sílaba de tres vocales: la del medio es abierta y la primera y la tercera siempre son cerradas.

Según estas definiciones, subraye las palabras de 2.32 que presentan diptongo o triptongo en la sílaba tónica.

2.34. Lea cuidadosamente las palabras del número 2.32 que presenten diptongo y triptongo en la sílaba tónica.

2.35. ¿Qué peculiaridades encuentra en los casos anteriores cuando la sílaba tónica debe llevar acento ortográfico?

____

2.36. Según lo observado, podemos comprobar que **cuando la sílaba tónica con diptongo o triptongo debe llevar acento ortográfico,** éste se coloca sobre la **vocal abierta** (*a, o, e*) del diptongo o triptongo, y si las dos del diptongo son cerradas (*i, u*), **sobre la segunda.**

De acuerdo con esta regla, escriba diez palabras con diptongo y diez con triptongo en la sílaba tónica.

____________________	____________________
____________________	____________________
____________________	____________________
____________________	____________________
____________________	____________________
____________________	____________________
____________________	____________________
____________________	____________________
____________________	____________________
____________________	____________________

Vocales en hiato

2.37. Como sabemos, no existe diptongo cuando dos vocales abiertas (*a, e, o*) se encuentran entre sí. Se dice que estas vocales abiertas están en **hiato.** Señale con doble subrayado las palabras de 2.32 que presenten vocales en hiato.

2.38. Lea cuidadosamente las siguientes palabras:

tenía	había	raíz	ataúd
Raúl	sitúa	sonreía	oíamos

2.39. Como puede observar en las palabras anteriores, el posible diptongo **es disuelto por el acento fonético.** Cuando esto sucede, también se dice que estas vocales están en hiato. Para señalar este hecho, se pone la tilde sobre la vocal cerrada (*i, u*), sin tener en cuenta las reglas generales del acento ortográfico.

Escriba diez palabras en las que el acento fonético disuelva el diptongo.

____________________ ____________________

____________________ ____________________

____________________ ____________________

____________________ ____________________

____________________ ____________________

El diptongo «ui»

2.40. Lea cuidadosamente las siguientes palabras:

jesuita	benjuí	huido	juicio	huí
fluí	casuístico	construido	fluido	diluido

2.41. Como puede observar, el grupo **ui,** compuesto por las dos vocales cerradas, se considera *casi siempre* como diptongo y entonces la acentuación gráfica se ajusta a las reglas generales (*huí* y *fluí,* por ejemplo, llevan acento ortográfico porque son bisílabas y agudas).

La hache («h») entre vocales

2.42. Lea cuidadosamente las siguientes palabras:

desahucio	prohíbe	búho	vahído	rehízo	rehúso

2.43. Como puede observar, la presencia ortográfica de la **h** muda no impide que las vocales formen diptongo. Por esta razón, cuando las vocales entre las que aparece una hache no forman diptongo, sino que están en hiato, se aplican las reglas especiales de la acentuación ortográfica para señalar el hiato. Escriba cuatro palabras con hache entre vocales en hiato.

______________________ ______________________

______________________ ______________________

REPASO

2.44. Resuma las reglas que rigen la acentuación ortográfica de

diptongos: ____

____

____

____

____

triptongos: ____

____

____

____

____

hiatos: ____

____

____

____

____

EJERCICIOS

2.45. Señale, en las palabras siguientes, cuándo las vocales van en hiato (H) y cuándo forman diptongo (D) o triptongo (T):

___ *veraneo* ___ *periferia* ___ *Dios*

___ *vitorearon*	___ *reordenar*	___ *pleitea*
___ *amarillea*	___ *sitúa*	___ *heroísmo*
___ *reina*	___ *vahído*	___ *chimenea*
___ *rehúsa*	___ *puntual*	___ *cuento*
___ *caos*	___ *causa*	___ *oigo*
___ *aceite*	___ *feria*	___ *heroico*
___ *leído*	___ *héroe*	___ *ahí*
___ *Leónidas*	___ *ruego*	___ *heríamos*
___ *acrobacia*	___ *apogeo*	___ *día*

2.46. Aplique a las siguientes palabras las reglas de acentuación ortográfica estudiadas:

alcohol	*Mediterraneo*	*puerta*
coetaneo	*desahuciar*	*haciamos*
ambar	*tisis*	*orden*
subito	*actuo*	*temais*
contrae	*herculeo*	*momentaneo*
quizas	*virtud*	*laurel*
habil	*relampago*	*escogi*
sembrador	*escribeselo*	*fiel*
campesino	*incredulo*	*ordinariez*
energico	*tintero*	*ciclon*

Los monosílabos y la acentuación ortográfica

2.47. Lea cuidadosamente las siguientes palabras:

ti	pie	vi	por	sin	no	tras	di	voy	a
zinc	dio	la	vez	su	bien	mal	vio	ras	ten
ven	fue	un	flan	por	yo	con	en	ves	vas

2.48. Como puede observar, las palabras anteriores son monosílabos y ninguna lleva acento, pues existe en español la regla de que **las palabras monosílabos no se acentúan.**

2.49. Lea cuidadosamente las siguientes oraciones:

Iba a salir, **mas** ella me disuadió.
El **más** y el menos.
Quiero un poco **más** de dulce.

Tuvimos carta **de** mis hermanos.
Dé cuenta de todos sus actos.

Se miró en el agua del estanque.
Sé muchas cosas de ella.
Sé prudente en cuanto al dinero.

Te vieron ayer.
Tragedia se escribe con **te**.
Dame **té** con leche.

Vino con **el** niño.
Salió con **él**.

Mi hermana está en Brasil.
Debes tocar un **mi** en vez de un fa.
Hasta **mí** no llega el ruido de la calle.

Si llega temprano, comerá con nosotros.
No me gusta el concierto en **si** bemol.
Sí, vendré tarde a la cena.
El **sí** de las niñas.

Tu casa es muy amplia.
Tú tienes la culpa de todo.

El niño **que** viene por el camino es mi **hijo**.
¿**Qué** haces?
¡**Qué** desgracia tan grande!

El hombre, el **cual** compró la casa, es muy inteligente.
¿**Cuál** de estas flores te gusta más?
Cuál lucha, **cuál** huye.

Ese marino, a **quien** reconocimos, fue el héroe.
¡**Quién** supiera escribir!
¿**Quién** habrá sido capaz de hacer esto?

Las palabras homónimas y el acento diacrítico

2.50. En las oraciones anteriores se puede observar que hay monosílabos que a veces llevan acento ortográfico. Esto sucede porque se trata de palabras **homónimas,** es decir, palabras que tienen igual estructura, pero que desempeñan funciones gramaticales diferentes. En estos casos, el acento que se coloca sobre ellas recibe el nombre de **acento diacrítico,** porque sirve para fijar la función gramatical que desempeña la palabra.

2.5 l. Los monosílabos que pueden llevar acento diacrítíco son:

a) **más,** cuando es adverbio o nombre: *Vendremos **más** tarde.*
Nunca cuando es conjunción.

b) **dé,** cuando es forma verbal: ***Dé** parte de sus ganancias.*
No se acentúa cuando es preposición.

c) **sé,** cuando es forma verbal de ser y saber:
***Sé** todo lo que ha pasado.*
***Sé** fuerte y tenaz.*
No se acentúa cuando es variante pronominal, signo de impersonalidad o de pasiva:
***Se**.fue esta mañana.*
***Se** publicó el libro este verano.*

d) **té,** cuando es nombre de planta: ***Té** con limón.*
No se acentúa cuando es variante pronominal o nombre de la letra del alfabeto.

e) **él**, cuando es pronombre personal: ***Él** sabe mucho.*
No se acentúa cuando es artículo.

f) **mí,** cuando es variante pronominal: *Lo trajo para **mí.***
No se acentúa cuando es artículo.

g) **sí**, cuando es adverbio, variante pronominal o adverbio sustantivado:
***Sí**, estoy de acuerdo contigo.*
*Guardó todo para **sí**.*
*Consiguió el **sí** de los directores.*

h) **tú,** cuando es pronombre personal: ***Tú** esperas mucho.*
No se acentúa cuando es posesivo.

i) **qué**, cuando es interrogativo o admirativo: *¿**Qué** piensas?*; *¡**Qué** calor!*
No se acentúa en los demás casos.

j) **cuál,** cuando es interrogativo, admirativo, indefinido o con sentido distributivo:
*¿**Cuál** es el mejor?*

k) **quién,** cuando es interrogativo, admiratívo, indefinido o con sentido distributivo:
*¿**Quién** es el más valiente? ¡**Quién** pudiera!*

Ejercicio

2.52. Escriba quince frases con los monosílabos del número 2.51, usando las formas acentuadas y las inacentuadas, según las funciones que desempeñen.

2.53. Lea cuidadosamente las siguientes oraciones:

Saldré con su aprobación y **aun** sin ella.
Aún está lloviendo.

Vino **porque** quiso.
El **porqué** de su conducta es muy difícil saberlo.

El sitio **donde** ocurrió el accidente está lejos.
¿**Dónde** vives ahora?

Supe **cuanto** pasó.
¡**Cuánto** cuesta salir adelante!
¡**Cuánta** tristeza hay en los campos de batalla!

Cuando llegamos, habían partido.
¿Cuándo podremos llegar?
El **cuándo** del suceso es lo más importante.

Como sabes, soy muy distraído.
Verás **como** no se entera.
¿Cómo es posible que ocurra esto?
¡Cómo la echo de menos!
El **cómo** lo supo es un secreto.

Estos libros son magníficos.
Prefiero entre todos, **éstos**.

Esa casa es muy elegante.
Lo vio con **ésa**.

Aquel cuadro me gusta mucho.
A ella le gusta más **aquél**.

Ése que me gusta mucho, es muy caro.
Aquel que conoce sus defectos es un hombre introspectivo.
Ésta que llega ahora es muy atractiva.

Solo en la noche, el hombre andaba aprisa.
El **solo** de piano quedó magnífico.
Sólo tú sabrás la verdad.

2.54. En las oraciones anteriores puede observarse que hay palabras que, como los monosílabos del número 2.49, son homónimas. Es decir, tienen igual estructura, pero desempeñan funciones gramaticales diferentes. Y también, como los monosílabos del número 2.49, algunas veces llevan acento diacrítico.

Se acentúan estas palabras en los casos siguientes:

a) **aún,** cuando equivale a todavía: ***Aún** es temprano.*
No se acentúa cuando equivale a también, hasta, incluso, ni siquiera.

b) **porqué,** cuando es nombre: *El **porqué** de cada acción.*
No se acentúa si es conjunción.

c) **adónde, dónde, cuánto, cuánta,** cuando son interrogativos, admirativos o tienen sentido distributivo: *¡**Cuánta** sangre!*
No se acentúan en los demás casos.

d) **cómo,** cuando es adverbio interrogativo o exclamativo: *¿**Cómo** piensas hacerlo?*; *¡**Cómo** no lo va a saber!*
No se acentúa cuando es adverbio relativo de modo o conjunción.

e) **cuándo,** si es adverbio interrogativo: *¿**Cuándo** empiezan las fiestas?*; *Dime **cuándo** será.*
No se acentúa si es adverbio relativo, conjunción o preposición.

(**Cómo** y **cuándo** también se acentúan cuando, precedidos de artículo, ejercen función de nombre: *El **cómo** y el **cuándo** no se sabrán nunca).*

f) Los determinantes demostrativos **este, esta, ese, esa, aquel, aquella** y sus plurales, se acentúan cuando hacen función de pronombre y pueden prestarse a confusión.
No se acentúan si preceden a nombre y cuando pueden ser sustituidos por una forma del artículo: ***Esta** niña es rubia; **Aquel** que sabe trabajar bien, triunfa.*

g) **sólo**, cuando es adverbio: *Comimos **sólo** un filete.*
No se acentúa si es adjetivo o nombre.

EJERCICIO

2.55. Escriba diez oraciones con palabras homónimas del número 2.54, en las que utilice las formas acentuadas y las inacentuadas, según la función que desempeñen.

____

____

____

____

____

____

____

____

____

____

2.56. Lea cuidadosamente las siguientes oraciones:

Juan o Luis vendrán a buscarte.
O te sientas o te vas.
El 7 ó 9 de julio tendrán fiesta en la playa.
Eran 10 ó 15 hombres los sobrevivientes del naufragio.
Con esta obra se hace rico o se arruina para siempre.

2.57. Como puede observar, algunas veces la conjunción **o** lleva acento ortográfico. Esto sólo ocurre cuando va entre cifras, para evitar que se confunda con el cero. Escriba cuatro oraciones en que la conjunción **o** aparezca con acento ortográfico o sin él, según la regla anterior.

____

____

____

____

Acentuación de formas verbales con enclíticos

2.58. Lea cuidadosamente las siguientes palabras:

escribió→escribióle	cómelo
vio→viole→vióseles	fui→fuimos→fuímonos
ata→átale→átaselos	dio→diole→dióselo
miróle	di→díselo
roguéle	dé (verbo dar)→déle→déselo
trájole	

2.59. Como puede observar:

a) Las formas verbales que llevan acento ortográfico mantienen éste cuando se les añaden pronombres enclíticos (*avisóle, suicidóse*).

b) Las formas verbales que no llevan acento ortográfico, al añadírseles pronombres enclíticos y quedar convertidas así en esdrújulas o sobresdrújulas, se acentúan ortográficamente según las reglas generales de la acentuación (*dio→diómelo; lava→lávate; mata→mátaselos*).

EJERCICIO

2.60. Aplique las reglas de acentuación ortográfica del número 2.59 a las siguientes palabras:

escribiole	*trajeronle*	*viosele*
llegose	*acabose*	*comprendiole*
fuese	*esperome*	*deme*
vimosle	*dimosle*	*dale*

REPASO

2.61. Aplique a las siguientes oraciones todas las reglas de acentuación ortográfica conocidas:

Tu no comprendes que tu proposicion no es conveniente para mi.

Desconozco el como y el cuando.

Me contento con un si rotundo.

¿Ois ese solo de violin?

¿Cuando llega la tia? Cuando haya terminado el invierno.

Estos no saben lo que aquellos piensan.

Ese boligrafo es de aquel.

El huerfano vive solo.

¿Cuanto consiguio para si? Pues cuanto quiso.

¿Donde compras tu el te?

¿Quien dice que el abrigo es de ese?

Aun tengo esperanzas de obtener el premio.

Se conciso en tu composicion y aun en tu disertacion.

Se lavo la cabeza y salio al rato.

Solo tengo un camino para triunfar.

Mientras mas lo piensa menos lo cree.

De muchos saludos a su madre.

El porque de toda esta historia es muy triste.

Si tienes coraje, lucha con el.

Explicaselo todo antes que comience a trabajar.

Este marmol es italiano.

Llego en el rapido de las 9 o 10 de la mañana.

Estoy harto de tantas historias.

O no tiene interes o es muy poco inteligente.

Los regimenes dictatoriales eran frecuentes en America.

El fuego destruyo la hacienda.

Raul trajo el ataud para su abuela.

La raiz de muchos males esta en la falta de educacion.

El laud del trovador quedo entre los arboles.

Habia muchos indios en la feria.

Rehuso esa obligacion que quieren imponerme.

El buho fue cantado por Enrique Gonzalez Martinez.

Saul fue el primer rey de los judios.

Es un verdadero tahur.

Habia una retahila de automoviles en la carretera.

Hay buen pan en la tahona de la esquina.

Dijele que no volviera mas.

Quiso llegar temprano mas le fue imposible.

Llegamos ese dia con mucho entusiasmo.

¡Que cosas tuvo que escuchar alli!

Acentuación de las palabras compuestas

2.62. Lea cuidadosamente las siguientes palabras:

baloncesto	asimismo
tiovivo	decimonono
rioplatense	pasamanos
sabelotodo	iberoamericano
decimoséptimo	indogermánico

2.63. Como puede observar, todas las palabras anteriores son palabras compuestas. En ellas el acento ortográfico de su primer elemento se pierde y se conserva sólo el del segundo, si éste lo lleva (*balón→baloncesto; décimo* y *séptimo→decimoséptimo*).

Escriba diez palabras compuestas.

________________	________________
________________	________________
________________	________________
________________	________________
________________	________________

2.64. Lea cuidadosamente las siguientes palabras:

puntapié	parabién	vaivén	ciempiés

2.65. Como puede observar, estas palabras llevan acento ortográfico aunque su segundo componente (*pie, bien, ven, pies*) no lo llevaba antes por ser palabra monosílaba. Al integrarse en una palabra compuesta, por ser ésta aguda terminada en vocal, ene o ese, se acentúa ortográficamente según las reglas generales.

2.66. Lea cuidadosamente los siguientes adverbios:

débilmente	tristemente
ágilmente	rígidamente
rápidamente	fríamente
levemente	comúnmente
hábilmente	prosaicamente

2.67. Como puede observar, los adverbios terminados en *-mente* conservan el acento ortográfico del adjetivo del cual se derivan.

Escriba diez adverbios terminados en *-mente,* según la regla anterior.

________________	________________
________________	________________
________________	________________
________________	________________
________________	________________

2.68. Lea cuidadosamente los siguientes adjetivos:

décimo-séptimo	histórico-crítico	cántabro-astur
gramático-histórico	teórico-práctico	

2.69. Como puede observar, estos adjetivos conservan el acento ortográfico de cada uno de sus elementos. Los adjetivos compuestos de dos o más adjetivos unidos por guión, conservan el acento ortográfico en cada uno de sus componentes. Según esta regla, escriba seis compuestos.

_______________ _______________

_______________ _______________

_______________ _______________

Acentuación de palabras extranjeras

2.70. Lea cuidadosamente las siguientes palabras:

Mózart	Wágner	paternóster	Mádison	Tolstói	Ándersen
Mozart	*Wagner*	*paternoster*	*Madison*	*Tolstoi*	*Andersen*

Wáshington	Méndelssohn	Schíller	Renán	memorándum
Washington	*Mendelssohn*	*Schiller*	*Renan*	*memorandum*

2.71. Como puede observar, los nombres propios extranjeros pueden escribirse siguiendo las reglas del acento ortográfico o no. Ambos procedimientos son correctos en nuestra lengua. En el caso de las expresiones latinas incorporadas al español, se siguen las reglas generales de la acentuación ortográfica.

EJERCICIO

2.72. Aplique las reglas de acentuación de las palabras compuestas a las que aparecen a continuación.

girasol	*coche-salon*	*veintitres*
piamente	*decasilabo*	*dolicocefalo*
arabe-israeli	*descortesmente*	*balompie*
ferrocarril	*discobolo*	*dinamometro*

portafolios	*dieciseis*	*fisico-quimico*
inutilmente	*curvilineo*	*timidamente*
reloj-calendario	*galaico-portugues*	*francofono*

Acentuación de las mayúsculas

2.73. Lea cuidadosamente las siguientes palabras:

ÁLVARO	ÁMBAR
ÉL	ÁNIMO
ÁNGELES	ÓSCULO
ÁRBOL	RAÍZ
ÍNTIMO	COMPOSICIÓN

2.74. Como puede observarse, el acento ortográfico ha de colocarse siempre sobre las vocales que deben llevarlo, aunque éstas sean mayúsculas. Existe la tendencia a suprimir la tilde sobre las vocales mayúsculas en los libros impresos, la escritura a máquina y a mano, pero esto, aunque tolerado, no es del todo correcto. Las vocales mayúsculas siguen todas las reglas de la acentuación ortográfica que hemos estudiado.

EJERCICIO

2.75. Aplique las reglas de acentuación a los siguientes títulos:

PERIBAÑEZ Y EL COMENDADOR DE OCAÑA

MARTIN FIERRO

DON ALVARO O LA FUERZA DEL SINO

LO QUE EL VIENTO DE LLEVO

LAS DE CAIN

NUESTRA AMERICA

LOS TITERES DE CACHIPORRA

PEPITA JIMENEZ

EL OBSCENO PAJARO DE LA NOCHE

HISTORIA DE UNA PASION ARGENTINA

Palabras con doble acentuación

2.76. Hay un grupo de palabras en las que el acento puede recaer sobre diferentes sílabas. Esta doble posibilidad responde a preferencias del español de España y el español de América. En estos casos, la Real Academia Española acepta oficialmente ambas posibilidades. Es de notar que casi siempre la pronunciación americana responde más a la etimología de estas palabras. Las principales palabras que admiten doble acentuación son las siguientes:

alveolo	*alvéolo*	ibero	*íbero*
amoniaco	*amoníaco*	médula	*medula*
austriaco	*austríaco*	metempsicosis	*metempsícosis*
bimano	*bímano*	olimpiada	*olimpíada*
cantiga	*cántiga*	omóplato	*omoplato*
cardiaco	*cardíaco*	ósmosis	*osmosis*
conclave	*cónclave*	pabilo	*pábilo*
chófer	*chofer*	pentagrama	*pentágrama*
dinamo	*dínamo*	período	*periodo*
etíope	*etiope*	policiaco	*policíaco*
fríjoles	*frijoles*	políglota	*poliglota*
fútbol	*futbol*	reuma	*reúma*
gladíolo	*gladiolo*	tortícolis	*torticolis*

NOTA: Las formas escritas en primer lugar son las preferidas por la Real Academia.

EJERCICIOS

2.77. Escriba quince oraciones en que utilice palabras de la relación anterior, según su preferencia.

____

____

Palabras con acento incorrecto

2.78. Hay un grupo de palabras que con frecuencia se pronuncian con el acento fonético mal situado. Entre ellas las más frecuentes son:

Correcto	*Incorrecto*
acrobacia	acrobacía
aeródromo	aerodromo
caracteres	carácteres
centigramo	centígramo
colega	cólega
consola	cónsola
epilepsia	epilepsía

estratosfera	estratósfera
expedito	expédito
fútil	futil
ínterin	interín
intervalo	intérvalo
libido	líbido
mendigo	méndigo
metamorfosis	metamórfosis
Nobel	Nóbel
paralelogramo	paralelógramo
periferia	periferia
perito	périto
radioscopia	radioscopía
sutil	sútil
táctil	tactil
Tokio	Tokío

EJERCICIOS

2.79. Aplique las reglas de la acentuación ortográfica a las siguientes palabras:

decaido	*averigua*	*buho*
sillon	*bambu*	*consul*
alcazar	*victima*	*reuma*
tedeum	*devuelvemela*	*Cain*
baul	*marmol*	*volatil*
mecanico	*cohibido*	*agilmente*

pais	*gladiolo*	*retahila*
crisis	*sentime*	*aspid*
anima	*reisteis*	*telefonia*
jamas	*condor*	*hincapie*
miercoles	*balaustrada*	*ulcera*
panteon	*frio*	*vahido*
Bilbao	*cohibido*	*reune*
Luis	*construido*	*vaiven*

2.80. Aplique las reglas de la acentuación ortográfica a las siguientes oraciones:

¿Solo vendran cuatro o cinco personas?

¿Te insulta a ti, o me insulta a mi?

«Se estudioso», te decia continuamente.

No se llegar solo a ese lugar.

¿Cuantos seran los que iran?

¡Que invierno tan crudo tenemos!

Guarda para ti cuanto sacaste en ese trabajo.

Vi varios trajes; este me parecio el mas adecuado.

No se en que va a terminar esto.

Dime cuanto ganas.

¡Cuantas enfermedades ha contraido ultimamente!

¿Cuando vendras otra vez?

Cuando me traigan te, te regalare un poco.

Aun no se cuando llegaran mis amigos.

Solo me pidio que le acompañara. No queria estar solo.

¿Que animales sufren la metamorfosis?

Espera viajar como perito a Tokio.

Llegara temprano al aerodromo.

En el intervalo saludamos a este.

Padeciamos de reuma en el Tropico.

Leimos la obra Martin Fierro.

Alvaro quiso verte a ti.

Mirola con pasion, mas comprendio que ella ya no le queria.

¿Quienes vendreis de vosotros?

¿Que sabe el de todo esto?

¡Quien pudiera saber el porque de esta tragedia!

Al saberlo, fuime en un santiamen.

El conflicto arabe-israeli complicose.

Jugamos un partido de balompie la semana pasada.

Los versos endecasilabos son frecuentes en la poesia española.

Timidamente se anuncio en la puerta.

Enviamosle un memorandum urgentisimo.

Mozart es uno de los musicos clasicos.

El realizo un excelente estudio historico-critico del siglo XIX.

El ciempies es un animal desagradable.

De mi parabien a su esposa.

El tiovivo de la feria gustabale mucho.

¿Como dices que te entrego el te?

El duo de esa opera es magnifico.

Seria que mi tia estaba triste por la muerte de su perra.

No le gusto el canto del buho.

Interin regreso, lavate bien el traje nuevo.

¡Que hombre mas alegre es este estudiante!

Esto es un pandemonium.

2.81. Explique por qué se acentúan ortográficamente las siguientes palabras:

útilmente: ______________________

compás: ______________________

batallón: ______________________

sofá: ______________________

explícaselo: ______________________

hipódromo: ______________________

mármol: ______________________

regímenes: ______________________

éxtasis: ______________________

sábado: ______________________

café: ______________________

alférez: ______________________

¿quién?: ______________________

tú: ______________________

porqué: ______________________

alcázar: ______________________

América: ______________________

Perú: ______________________

huésped: ____________________

después: ____________________

náufrago: ____________________

diáfano: ____________________

conferenciéis: ____________________

había: ____________________

ataúd: ____________________

búho: ____________________

té: ____________________

átale: ____________________

díselo: ____________________

¿cuándo?: ____________________

benjuí: ____________________

sé: ____________________

aún: ____________________

dé: ____________________

éste: ____________________

magnífico: ____________________

acentúo: ____________________

Mediterráneo: ____________________

más: ____________________

sólo: ____________________

vahído: ____________________

sí: ____________________

histórico-crítico: ____

vaivén: ____

2.82. Explique por qué no se acentúan ortográficamente las siguientes palabras:

levemente: ____

Mozart: ____

girasol: ____

comendador: ____

se: ____

iban: ____

salud: ____

leyes: ____

obvio: ____

amor: ____

cervezas: ____

soldado: ____

aun: ____

canon: ____

principal: ____

mas: ____

pero: ____

historia: ____

reloj-calendario: ____

recibir: ____

adversario: ______________________________

Carmen: ______________________________

te: ______________________________

espaldas: ______________________________

candidez: ______________________________

examen: ______________________________

mi: ______________________________

tambor: ______________________________

corbata: ______________________________

industria: ______________________________

si: ______________________________

festividad: ______________________________

moribundo: ______________________________

el: ______________________________

prosaicamente: ______________________________

literario: ______________________________

marfil: ______________________________

adalid: ______________________________

regional: ______________________________

diecinueve: ______________________________

quien: ______________________________

mostaza: ______________________________

dictamen: ______________________________

tragaluz: ______________________________

2.83. Aplique las reglas de la acentuación ortográfica a los siguientes fragmentos:

Aquel era su secreto. Su secreto. ¡Que raro que llegara ahora el recuerdo! Berlin. La infancia. El campo de los domingos habia tomado un aspecto agitado y pintoresco. Y alli estaba emplazado «su secreto». Las bicicletas rodaban por los senderos. El que se ahogo tenia una muy linda. Habia muchachas con las piernas desnudas —esas fragantes piernas alemanas— que correteaban, no solo por las carreteras, sino por los senderos y entre los arboles, sobre el cesped del Grunewald. Verde y blanco. El Careto no tenía entonces ningun apodo. Se llamaba Oscar e iba con sus padres. La madre hacia pasteles de manzana y los envolvia en servilletas calientes. A el le molestaba el camino de ida porque habia que tener cuidado con todo aquello. Un dia Karl —Ah, si, se llamaba Karl— cayo al agua y se ahogo. ¿Cayo? ¿Lo empujo alguien? ¿Lo empujo el? En aquella edad asexuada se querian romanticamente. Lo habia empujado, si. Y este era su secreto.

Ramón J. Sender: *Epitalamio del prieto Trinidad*

—Mi teoria, explico— es la siguiente: la novela policial representa en el siglo veinte lo que la novela de caballeria en la epoca de Cervantes. Mas, todavia: creo que podria hacerse algo equivalente a Don Quijote: una satira de la novela policial. Imaginen ustedes un individuo que se ha pasado la vida leyendo novelas policiales y que ha llegado a la locura de creer que el mundo funciona como una novela de Nicholas Blake o de Ellery Queen. Imaginen que ese pobre tipo se larga finalmente a descubrir crimenes y a proceder en la vida real como procede un detective en una de esas novelas. Creo que se podria hacer algo divertido, tragico, simbolico, satirico y hermoso.

Ernesto Sábato: *El túnel*

Algunas tardes paseaban con la Marce y el cabo Argimiro, pese a que los galones del cabo intimidaban a la muchacha. Temia su autoridad. Pero mas que su autoridad temia que un dia la ejerciese y sorprendiese al Picaza con la veta mala. El Picaza, en cambio, se permitia embromar al cabo sin consideración a sus galones. En alguna ocasion se mostro tan audaz, que la Desi se ofusco, toda, esperando un alboroto. No obstante, el cabo Argimiro, que era mas largo que una peseta de tripas, por mas que ello no se lo refrotase a la Marce, tenia correa para rato. Y con el Picaza no hacia malas migas. Algunas veces la Desi les habia visto darse de codo y reir sofocadamente ante el escaparate de Leo Conde, donde se exhibian piernas anunciando medias y bustos de mujer con sujetadores de seda. En esos casos, los muchachos cuchicheaban y hacian muecas sin cesar y se reian por detras de ellas.

Miguel Delibes: *La hoja roja*

En Marzo de aquel año fue necesario prolongar la Moratoria, ya que de no haberse prorrogado por decisión oficial, la moratoria habria sido prorrogada, alargada, estirada, llevada a los limites del calendario, por todos aquellos que se habian acostumbrado a su manejo. La traquimaña, la mala fe, la trampa, la fulleria aliada a la insolvencia, se amparaban en la magica, ensalmadora —y algo sepulcral— palabra Moratoria. Nadie pagaba nada. Los vecinos de cuarterias y conventillos recibian los cobradores de alquileres a pedradas y a estacazos, soltando los perros para mayor información. Los mercaderes canarios, los buhoneros sirios, negociantes al credito, eran acusados de anarquistas por las amas de casa seguras de que hubiese un policia por los alrededores, cuando demasiado insistian en presentar una muy atrasada cuenta por venta de encajes o lenceria. Se compraban cosas a plazos para pignorarlas el mismo dia, sacando de aqui, para tapar alla, recurriendose al garrotero y al prestamista, en un perpetuo rejuego de papeles, de firmas, de estafas atajadas al filo de la denuncia, viviendose de expedientes y de milagros de rifas y de usuras, con tal circulación de cheques sin fondos que aun los que todavia tuvieran fama de ricos tenian que pagarlo todo al contado.

Alejo Carpentier: *El recurso del método*

Ahora nadie podra remediar esta vergüenza. El alcalde le ha entregado a mi padre la orden del entierro, y mi padre ha dicho: «De todos modos, lo que suceda tenia que suceder. Es como si lo hubiera anunciado el almanaque». Y yo digo con la misma indolencia con que se entrego a la suerte de Macondo, fiel a los baules donde esta guardaba la ropa de todos los muertos anteriores a mi nacimiento. Desde entonces todo ha venido en declive. La misma energia de mi madrastra, su caracter ferreo y dominante, se han transformado en una amarga congoja. Cada vez parece mas lejana y taciturna, y es tanta su desilusión que esta tarde se ha sentado junto al pasamano y ha dicho: «Me quedare aqui, aplanada hasta la hora del Jucio».

Gabriel García Márquez: *La hojarasca*

3. Uso de las mayúsculas

3.1. Lea cuidadosamente las siguientes frases:

Los estudiantes partieron hoy.
Lo siento. El dueño no puede atenderle.
Querido amigo: Recibí tu afectuosa carta hace una semana.

Dice el refrán: Al que madruga, Dios lo ayuda.
Lope de Vega es autor de muchas comedias.
Paseamos por el Cantábrico.

Rocinante era el caballo de Don Quijote.
Alfonso el Sabio fue el creador de la prosa española.
Bolívar, el Libertador, murió joven.

Castilla la Vieja, está al norte de Castilla la Nueva.
Dios creó el mundo en seis días y Su misericordia es infinita.
El Salvador murió en la cruz por todos los hombres.

El Jefe del Estado pasó revista a las tropas.
El Sumo Pontífice concedió audiencia a los peregrinos.
La Real Academia Española editó una Gramática.

El Alcalde asistió a los juegos deportivos.
Visitaron La Habana hace ya varios años.
En la Institución Libre de Enseñanza estudió Antonio Machado.

Acabamos de leer *La Celestina,* de Rojas.
Debes leer *En busca del tiempo perdido.*
Felipe II mandó construir El Escorial.

Luis XIV, el Rey Sol, favoreció las artes.
Dirija su correspondencia al Sr. D. Eustaquio Fernández.
Ud. debe venir mañana.

¿Podrá traerlo usted la semana próxima?
El lunes vamos a Chapultepec.
En octubre hizo un viaje a China.

En Llobregat hay muchas industrias.
Llorens no acudió a la cita. Es una lástima.
S.E. debe comprender la magnitud del hecho.

En esta casa vivió el insigne pintor
D. EDUARDO ROSALES

Reglas de las mayúsculas

3.2. Como puede observar, en las frases del número 3.1 hay palabras que comienzan con letra minúscula y otras con letra mayúscula. Se usan las mayúsculas en los siguientes casos:

1. En la primera palabra de un escrito, en la que va después de punto (ya sea éste aparte o seguido), y en la que sigue el encabezamiento de una carta.
2. Después de los dos puntos, cuando se citan palabras textuales.
3. En los nombres propios, ya sean de persona, animal o cosa. Cuando el nombre lleva artículo, éste va también en mayúsculas: *La Habana.*
4. En los títulos, nombres o apodos que acompañan o califican de modo constante a un nombre propio. En los nombres de cargos importantes, si se refieren a una persona determinada.
5. En los pronombres que se refieran a Dios o a la Virgen María y los atributos divinos *(Creador, Redentor...).* Los nombres y adjetivos que forman el nombre de poderes públicos o de cualquier institución.
6. En los números romanos.
7. En los tratamientos de cortesía, si están en abreviatura.
8. En las consonantes dobles *ch* y *ll,* sólo se escribe en mayúscula la primera letra: *Chorrera, Llaguno.*
9. En palabras o frases completas en textos impresos o en inscripciones, para destacar lo que se quiere señalar, o por motivos estéticos.

NOTA: No debe usarse mayúsculas en los nombres de los días, los meses y las estaciones del año, aunque en otros idiomas, como el inglés, las usen.

EJERCICIOS

3.3. Reescriba, aplicando las reglas de las mayúsculas, las frases incorrectas.

el papa pablo VI bendijo a los feligreses.

____

carlos II el hechizado fue el último de los austrias.

____

yugoeslavia perdió el partido de fútbol.

____

el presidente habló a los periodistas anoche.

____

Ud. sabe bien mis razones.

____

Visitamos ayer el Museo de Pintura Romántica.

____

Miguel Delibes escribió «La guerra de nuestros antepasados».

____

Querida hermana: Deseaba escribirte desde El Callao.

____

Nuestra madre siempre decía: haz bien y no mires a quién.

____

napoleón bonaparte dijo: soldados: cuarenta siglos os contemplan.

____

cristóbal colón, el descubridor, llegó a américa el 12 de Octubre.

____

hoy, Lunes 24 de Enero, saldré para londres.

____

querido y admirado maestro: deseo saludarle con sumo respeto.

____

Sr. mio: No tenga dudas al respecto....

___

El Gobernador inauguró la Escuela Normal.

___

Llorente fue un buen jugador de pelota.

___

S.E., el Jefe del Estado, hablará por televisión.

___

mañana saldremos para venezuela.

___

los pirineos separan España de francia.

___

Mario Vargas Llosa recibió el premio «Rómulo Gallegos».

___

3.4. Lea cuidadosamente los párrafos siguientes y escriba correctamente las palabras que considere mal escritas.

pertenece el rincón de hojas y hierbas de doña berta a la parroquia de pie del oro, concejo de carreño, partido judicial de gijón; y dentro de la parroquia se distingue el barrio de doña berta con el nombre de zaornín, y dentro del barrio llama a su casa la hondonada frondosa, en medio de la cual hay un gran prado que tiene por nombre aren. al extremo noroeste del prado pasa un arroyo orlado de altos álamos, abedules y cónicos humeros de hoja oscura, que comienza a rodear en espiral el tronco desde el suelo, tropezando con la hierba y con las flores de las márgenes del agua.

Leopoldo Alas, «Clarín»: *Doña Berta y otros relatos*

—lo único que no entiendo —dijo fraga como si no le hablara a ella— es por qué he tardado tanto en saber que todo eso lo había sabido siempre. es idiota suponer que soy un médium, no tengo absolutamente nada que ver con él. hasta hace una semana no tenía nada que ver con él.

—si pudieras dormir un rato —dijo ofelia.

—no, es que tengo que encontrarlo. hay dos cosas: eso no entiendo, y lo que va a empezar mañana, lo que ya empezó esta tarde. estoy liquidado, comprendés, no me perdonarán jamás que les haya puesto el ídolo en los brazos y ahora se lo haga volar en pedazos. fíjate que todo es absolutamente imbécil, romero sigue siendo el autor de los mejores poemas del año veinte. pero los ídolos no pueden tener pies de barro, y con la misma cursilería me lo van a decir mañana mis queridos colegas.

—pero si vos creíste que tu deber era proclamar la verdad...

—yo no lo creí, ofelia. lo hice nomás, o alguien lo hizo por mí. de golpe no había otro camino después de esa noche. era lo único que se podía hacer.

—a lo mejor hubiera sido preferible esperar un poco —dijo temerosamente ofelia—. así de golpe, en la cara de...

iba a decir: «del ministro» y fraga oyó las palabras tan claramente como si las hubiera pronunciado.

Julio Cortázar: *Los pasos en las huellas*

dr. —escúchame, pacífico, y ten en cuenta que esta pregunta es sumamente delicada: tu novia te había dicho en prádanos una vez que si el teotista os encontraba en la forma que os encontró, sería capaz de matarte, esto es cierto, ¿verdad?, bueno, ¿puedes tú afirmar categóricamente que en el momento de agredirle, no operó en ti, aunque fuera en el subconsciente, el temor de esta amenaza?

pp. —si quiere que le diga la verdad, doctor, para entonces ni me recordaba que el teotista me hubiese jurado la vida.

dr. —bien, pero al margen de tu cerebro, ¿no pudo operar ahí un automatismo de defensa?

pp. —qué sé yo, no entiendo de eso, oiga.

dr. — pero ¿qué sentiste al pinchar al teotista?

pp. — que era fácil, mire.

dr. — ¿nada más?

pp. — bueno y que era blando, más blando de lo que yo me imaginaba, doctor.

dr. —ya estamos en las mismas, pacífico, ¿cómo voy yo a creer que al matar a un hombre todo lo que se te ocurre pensar es que es fácil y blando?

Miguel Delibes: *La guerra de nuestros antepasados*

si persistimos en la explicación, y queremos intentarla lealmente, será necesario aceptar que en este punto se bifurca, uno de los ramales nos hace conocer a un padre bergner que presintió la aproximación del momento, a todos prometido, aunque la oferta rara vez se cumpla, en que le sería dado realizarse totalmente como individuo y siervo del señor, ser, sin mutilaciones, anton bergner, r. p., enfrentarse y luchar con una expresión del mal que tuviera una estatura y una fuerza dignas de sus nunca usadas posibilidades, medirse con algo que poseyera todas las mezquinas y personales, elusivas, inciertas manifestaciones del pecado, de la imperfección, que el cura debía soportar diariamente, como fugaces pestilencias, indeciso entre un origen de menudo arrepentimiento o uno de raquítica vanidad, en la bisbiseante rutina de confesar.

Juan Carlos Onetti: *Juntacadáveres*

4. Las abreviaturas y las siglas

4.1. Lea cuidadosamente las siguientes frases:

La Organización de Estados Americanos ha establecido el artículo número 11 sobre los territorios al norte del río Amazonas.

La O.E.A. ha establecido el art. núm. 11 sobre los territorios al N. del río Amazonas.

El Excelentísimo señor don Raúl Fernández, que en paz descanse, murió el pasado día 25.

El Excmo. Sr. D. Raúl Fernández, Q.E.P.D., murió el pasado día 25.

¿Profesará Ud. en la orden de Sto. Domingo?

La festividad de Nuestra Señora de Guadalupe es el 12 de diciembre.

La festividad de Ntra. Sra. de Guadalupe es el 12 de diciembre.

Su cheque número 3466 fue depositado en su cuenta corriente.

Su ch/ nº 3466 fue depositado en su c/c.

Puso 2.000 pesos moneda nacional en ese negocio.

Puso 2.000 pesos m/n en ese negocio.

4.2. Como puede observar, en las frases del número 4.1 se sustituyen con frecuencia nombres de instituciones y otras palabras por abreviaturas o siglas. La **abreviatura** es *la representación de una palabra con una o algunas de sus letras.* La **sigla** *es la representación del nombre de un organismo o institución por las letras iniciales de varias palabras, o bien sílabas, incluso no iniciales.* Es un procedimiento que se ha extendido mucho en los últimos años.

Abreviaturas más usuales en la lengua española

(a) .... *alias* (que quiere decir «por otro nombre»)
art. .... *artículo*

cap.	*capítulo*
Dr.	*doctor*
E	*Este*
etc.	*etcétera*
fund.	*fundador*
gral.	*general*
íd.	*ídem*
Lic. *o* Licdo.	*licenciado*
mr., mrs.	*mártir, mártires*
N	*Norte*
N.B.	*Nota Bene* (Nótese bien)
NE	*Nordeste*
NO	*Noroeste*
nº. *o* núm.	*número*
O	*Oeste*
O. M.	*Orden ministerial*
pág.	*página*
p. ej.	*por ejemplo*
P. D.	*posdata* o *postdata* (que es lo que se añade en una carta después de firmada ésta)
pral.	*principal*
prov.	*provincia*
ptas *o* pta	*peseta*
S	*Sur*
s/c.	*su casa*
SE	*Sudeste*
SO	*Sudoeste*
v. gr. *o* v.g.	*verbigracia* (que quiere decir «por ejemplo»)
virg. *o* vg., vgs.	*virgen, vírgenes*
Vº. Bº.	*visto bueno*

Abreviaturas de cortesía y tratamiento

afmo.	*afectísimo*
arz. *o* arzbpo.	*arzobispo*
ato. *o* atto.	*atento*
B. L. M.	*besa la mano*
D.	*Don*
Dª	*Doña*
E. P. D.	*En paz descanse*
Excmo.	*Excelentísimo*
Fr.	*Fray*
Ile.	*Ilustre*
Ilmo.	*Ilustrísimo*
J. C.	*Jesucristo*
M., MM.	*Madre(s)* (aplicado a religiosas)
M. I. S.	*Muy ilustre señor*

N. S. *o* Ntro. Sr.	*Nuestro Señor* (referido a Dios)
Nª. Sª. *o* Ntra. Sra.	*Nuestra Señora* (referido a la Virgen María)
Ob. *u* obpo.	*obispo*
P., PP.	*Padre(s)* (religiosos)
pbro. *o* presb.	*presbítero*
Q. B. S. M.	*que besa su mano*
Q. E. S. M.	*que estrecha su mano*
Q. E. P. D.	*que en paz descanse*
R. *o* Rev.	*Reverendo*
R. I. P.	*requiescat in pace* (Descanse en paz)
S. E.	*Su Excelencia*
S. *o* Sn.	*San*
Sta.	*Santa*
Smo.	*Santísimo*
Sr.	*Señor*
Sra.	*Señora*
Srta.	*Señorita*
S. S. S.	*su seguro servidor*
V., Vd. *o* Ud.	*usted*
VV., Vds. *o* Uds.	*ustedes*
Vda.	*viuda*
V. E.	*Vuestra Excelencia (Vuecencia)*
V. S.	*Vuestra Señoría (Usía)*

Abreviaturas comerciales

a.	*arroba*
Admón.	*Administración*
admor.	*administrador*
acept.	*aceptación*
apble.	*apreciable*
cap.	*capital*
cgo. *o* c/.	*cargo*
com.	*comisión*
Comp., Cía.,	*Compañía*
cénts *o* cts	*céntimos*
cje.	*correlaje*
c. f. s. c. i. f. *o bien* cif. c. a. f. *o bien* caf.	*coste, flete y seguro*
cta.	*cuenta*
c/c *o* cta. cte.	*cuenta corriente*
ch/	*cheque*
do.	*daño*
descto. *o* dto.	*descuento*
d/f *o* d/fha.	*días fecha*
d/v	*días vista*

do. d.	*dicho día*
d. p. v.	*doble pequeña velocidad*
dna.	*docena*
$	*duros, pesos, dólares*
ef. a cobrar	*efecto a cobrar*
fra. *o* fact.	*factura*
F. C. *o* f. c.	*ferrocarril*
f. o. b. *o bien* fob	*franco a bordo*
frs. *o* fcos.	*francos*
gros.	*géneros*
fr.	*favor*
g/	*giro*
g. p. *o* g/p	*giro postal*
g. v.	*giro velocidad*
impte.	*importe*
Inc.	*Incorporada (Sociedad, Campañía, etcétera)*
ints.	*intereses*
K, Kg, Kgs	*kilo, kilogramo, kilogramos*
L/ *o* l/	*letra*
lbrs	*libras*
liq.	*líquido*
m/acep. *o* m/a.	*mi aceptación*
n/acep. *o* n/a.	*nuestra aceptación*
m/cgo. *o* m/c.	*mi cargo*
n/cgo. *o* s/c.	*su cargo*
m/c. *o* m/cta.	*mi cuenta*
s/c. *o* s/cta.	*su cuenta*
m/cc.	*mi cuenta corriente*
n/cc.	*nuestra cuenta corriente*
m/e.	*mi entrega*
merc. grales.	*mercaderías generales*
m/fr.	*mi favor*
n/fr.	*nuestro favor*
s/fr.	*su favor*
m/fha.	*meses fecha*
m/fra.	*mi factura*
n/fra.	*nuestra factura*
s/fra.	*su factura*
m/g.	*mi giro*
n/g.	*nuestro giro*
s/g.	*su giro*
m/l.	*mi letra*
n/l.	*nuestra letra*
s/l.	*su letra*
m/n.	*moneda nacional*
m/o.	*mi orden*
n/o.	*nuestra orden*

s/o.	*su orden*
m/p.	*mi pagaré*
n/p.	*nuestro pagaré*
s/p.	*su pagaré*
m/r.	*mi remesa*
n/r.	*nuestra remesa*
s/r.	*su remesa*
m/t.	*mi talón*
n/t.	*nuestro talón*
s/t.	*su talón*
o/.	*orden*
P/*o* p/	*pagaré*
pdo.	*pasado*
p/v.	*pequeña velocidad*
pérds. y ganans.	*perdidas y ganancias*
pl.	*plazo*
%	*por ciento*
‰	*por mil*
P. A. *o* p/a.	*por autorización*
P. O. *o* p/o.	*por orden*
P. P.*o* p/p.	*por poder*
pmo.	*próximo*
p. pdo. *o* ppdo.	*próximo pasado*
qq	*quintales*
Qm	*quintal métrico*
r/	*remesa*
s/	*sobre*
Snos., Sobs. *o* Sobnos.	*sobrinos*
Sdad.	*Sociedad*
S. A.	*Sociedad Anónima*
S. A. E.	*Sociedad Anónima Española*
S. en C.	*Sociedad en Comandita*
S. L., *o* Sdad. Lda.	*Sociedad Limitada*
S. E. u O.	*Salvo error u omisión*
Tm	*tonelada métrica*
v/	*vista*
v/r.	*valor recibido*
vto.	*vencimiento*

Ejercicio

4.3. Escriba quince oraciones en que utilice abreviaturas de las que aparecen en 4.2.

____

____

Siglas más usadas en España e Hispanoamérica

C.E.E.	*Comunidad Económica Europea*
E.U. *o* EE.UU. .... U.S.A. (United States of America).................	*Estados Unidos de América del Norte*
O.E.A.	*Organización de Estados Americanos*
O.N.U.	*Organización de las Naciones Unidas*
U.N.E.S.C.O.	*Organización de las Naciones Unidas para la Ciencia, la Educación y la Cultura* (en inglés: *United Nations Educational, Scientific and Cultural Organization)*
O.T.A.N.	*Organización del Tratado del Atlántico Norte*

NOTA: Cada vez es más frecuente la utilización de las siglas sin puntos. Así OEA, UNESCO, etcétera.

EJERCICIO

4.4. Escriba cinco oraciones en las cuales utilice siglas.

5. Los signos de puntuación

5.1. Lea cuidadosamente las siguientes frases:

Los niños salieron esta mañana rumbo a Buenos Aires.

Ella llegó esa noche. A la mañana siguiente, partió para su aldea.

Esperamos asistir al concierto, pero todavía no tenemos la entradas.

Ella escribía, Julián estudiaba; Mario tocaba la guitarra.

Luis me dijo: «No busques más ese libro. Está agotado».

La noche cayó de repente y nosotros lo estuvimos buscando una, dos, tres horas...

¿Dónde está ese hotel?

¡Quién supiera escribir!

Se representó «El Cid», de Corneille.

En la noche escuché el siguiente diálogo:
—¿A dónde va usted
—¡Adonde el viento me lleve!

El futuro del mundo (que es muy incierto), se discute en la O.N.U.

En Cáceres hay muchas cigüeñas.

5.2. Como puede observar, en las oraciones del número 5.1 se utilizan muchos signos para ayudar a la comprensión de lo que se escribe. Estos rasgos se dan en el habla por medio de pausas, de matices de voz, de gestos, de cambios de tono, pero en la escritura se indican por medio de los llamados **signos de puntuación.**

Los principales signos de puntuación son:

el punto (.)

la coma (,)

el punto y coma (;)

los dos puntos (:)

los puntos suspensivos (...)	**las comillas (“”/«»)**
la interrogación (¿?)	**el guión (-)**
la admiración (¡!)	**la raya (—)**
los paréntesis (( ))	**la diéresis (¨)**
	la barra (/)

No existen normas fijas para el uso de los signos de puntuación, especialmente de la coma, pues ello depende mucho de la personalidad del que escribe.

No obstante, hay algunas reglas generales que son muy útiles y deben tenerse siempre en cuenta, porque un escrito mal puntuado puede dar lugar a graves confusiones.

El punto

5.3. Lea cuidadosamente las siguientes frases:

El niño se metió en el río.

El niño se metió en el río. La corriente era fuerte y le arrastró.

El paseo por París me dejó muy cansado ayer. Hoy seguiremos viaje a Viena.

Sr. Casanova, le llaman al despacho del director.

Pensé en Ud. para resolver este asunto.

5.4. Como puede observar, en las frases del número 5.3 se usa el signo de puntuación llamado **punto.** El punto representa una pausa en el habla. Hay tres clases de puntos:

- el **punto y aparte,** que se usa al final del párrafo;
- el **punto y seguido,** que se usa cuando, terminada una oración, seguimos tratando del mismo asunto en la siguiente, que se escribe en el mismo renglón a continuación de la anterior;
- el **punto final,** que indica la terminación del escrito.

El punto se usa también detrás de las abreviaturas para indicar que éstas lo son: *Sr., Dr., Sta.,* etcétera.

EJERCICIO

5.5. Coloque los puntos donde sean necesarios:

Bécquer es el autor de Rimas
Valle-Inclán escribió Tirano Banderas *También es autor de las* Sonatas
El primer premio correspondió a la Srta Llaguno
Debe escribir al Sr D Marcial Gutiérrez, admor gral
El verano es muy agradable aquí El resto del año no se pasa bien

La coma

5.6. Lea cuidadosamente las siguientes frases:

Hemos visitado el castillo, la plaza, el mercado y la iglesia.
Las ciudades nombradas fueron Medellín, Cali, Lima y Quito.
Los niños cantaban, los hombres bebían, las mujeres charlaban y los viejos dormían.
Si vienes temprano, podremos ir a pasear.
Siéntate, que te veo muy cansado.
Cuando quiere, se porta muy bien en la escuela.
Al comenzar a amanecer, salimos a la carretera.
Luisa, te esperamos en el automóvil.
No tardes, Juan.
Aunque quieras, Antonio, no podrás llegar a tiempo.
Ernesto, el amigo de Alberto, estudia medicina.
No vendrá, me parece, hasta que termine ese trabajo.
Quiso sobresalir entre todos, pero no lo consiguió.
El padre de la novia, es decir, Juan, llegó tarde.
Compré este traje en Buenos Aires; aquél, en Madrid.

5.7. Como puede observar, en las frases del número 5.6 se usa el signo de puntuación llamado **coma** (,) La **coma** corresponde a una pequeña pausa que se hace al hablar y que viene determinada por el sentido de la frase. Por ello es conveniente, para situar correctamente las comas, leer el escrito en voz alta. Las reglas generales para el empleo de la coma son las siguientes:

1. Se coloca la coma entre los elementos de una serie (palabras o proposiciones), cuando no van unidos por conjunciones.
2. Después de una oración subordinada, cuando ésta se antepone a la principal.
3. Siempre que se altere el orden habitual de las partes de la oración. En los incisos (aposiciones, oraciones explicativas, etc.) que interrumpen momentáneamente la oración.
4. Se usa la coma antes de algunas conjunciones adversativas *(mas, pero, aunque),* si la proposición que estas conjunciones introducen es corta.
5. Algunas conjunciones, como *pues*, y algunas expresiones como *esto es, es decir, sin embargo, en efecto, efectivamente, por último,* siempre van entre comas.
6. En las oraciones en que el verbo se omite por sobreentenderse, se debe usar una coma para indicar la supresión.

EJERCICIO

5.8. Aplique las reglas del uso de la coma a las siguientes frases:

Una mañana cuando las calles estaban llenas de gente se oyó un estallido.

En efecto creo que esto no perjudicará.

Allí tomaban cerveza hacían chistes jugaban al dominó y lo pasaban muy bien.

Pensábamos ir de vacaciones a Suiza pero la subida de precios nos lo impidió.

Me parece Laureana que no tienes razón.

Apenas llegué a la estación me lo encontré.

Hijo mío has gastado todo cuanto tenía ahorrado.

En Medellín vendí cuatro automóviles y en La Guaira tres.

Al saber la desgracia lloró grito y se tiró por el suelo.

Sarmiento el gran educador argentino tuvo un hijo militar.

Los soldados que eran doscientos acamparon cerca del río.

Pedro estáte listo para salir a las seis.

Había en el mercado manzanas peras melocotones y uvas.

Cuando teníamos preparada la cena nos telefonearon.

La enfermedad según parece se agrava por minutos.

El punto y coma

5.9. Lea cuidadosamente las siguientes frases:

Llevaba una saya azul, rota y sucia; una blusa que alguna vez fue blanca.

Los ojos le brillaban con furia, tenían un fulgor metálico; alzaba las manos con desesperación; su rostro estaba tenso.

No podemos seguir así; vamos sin remedio al desastre.

Una gran claridad me despertó; salté de la cama y busqué la causa.

Pecios: azúcar, 75 ct., boniatos, 10 ct.; maíz, 20 ct.

Quise venir antes; pero todos los problemas que afrontaba me lo impidieron.

5.10. Como puede observar, en las frases del número 5.9 se usa el **punto y coma** (;).

El **punto y coma** representa una pausa más intensa que la coma y menos intensa que el punto. Es un signo que cada vez se usa menos, pues se sustituye actualmente por el punto y seguido o la coma.

Se usa el punto y coma en los siguientes casos:

1. Detrás de un trozo extenso de la frase, cuando debe indicarse una pausa y ya se ha usado la coma dentro de ese trozo.
2. Entre dos frases que exponen dos aspectos diferentes de una misma idea.
3. Entre frases que indican un hecho y su consecuencia.
4. En la correspondencia comercial, para separar cantidades.
5. Ante algunas conjunciones adversativas (*más, pero, aunque*) si la proposición que estas conjunciones introducen es larga.

EJERCICIOS

5.11. Coloque convenientemente el punto y coma en las frases siguientes:

Está muy preocupado su enfermedad es incurable.

Se enteró de todo preparó la venganza con mucho cuidado.

Las hojas eran grandes, las flores, mayores los árboles se elevaban a las alturas y María no cesaba de contemplarlos, admirada de tanta belleza Julián los observaba con curiosidad.

Recibimos los siguientes productos: judías, 4 kg arroz, 10 kg aceite, 5 kg.

El día fue estupendo sin embargo algunos partes meteorológicos habían anunciado tormenta temprano.

5.12. Coloque convenientemente el punto, la coma y el punto y coma en los párrafos siguientes:

El domingo en efecto llegó Rebeca No tenía más de once años Había hecho el penoso viaje desde Manaure con unos traficantes de pieles que recibieron el encargo de entregarla junto con una carta en la casa de José Arcadio Buendía pero que no pudieron explicar con precisión quién era la persona que les había pedido el favor Todo su equipaje estaba compuesto por el baulito de la ropa un pequeño mecedor de madera con florecitas de colores pintadas a mano y un talego de lona que hacía un permanente ruido de cloc cloc cloc donde llevaba los huesos de sus padres La carta dirigida a José Arcadio Buendía estaba escrita en términos muy cariñosos por alguien que lo seguía queriendo mucho a pesar del tiempo y la distancia y que se sentía obligado por un elemental sentido humanitario a hacer la caridad de mandarle a esa pobre huerfanita desamparada que era prima de Ursula en segundo grado y por consiguiente también pariente de José Arcadio Buendía aunque en grado más lejano porque era hija de ese inolvidable amigo que fue Nicanor Ulloa y su muy digna esposa Rebeca Montiel a quienes Dios tuviera en su Santo Reino cuyos restos adjuntaba la presente para que les dieran cristiana sepultura

Gabriel García Márquez: *Cien años de soledad*

Al otro lado del valle el molino ardía envuelto en llamas y una columna de humo se elevaba en la atmósfera densa y apacible García distinguía confusamente el movimiento de sus compañeros irreconocibles a causa de la distancia y antes de incorporarse reflexionó en las posibilidades que se le ofrecían Regresar al molino equivalía a dar un rodeo grandísimo con la consiguiente pérdida de tiempo En cambio el trayecto hasta la escuela era muy breve y brindaba la ocasión de hacer méritos delante del oficial Optó por lo segundo y se puso de pie

Juan Goytisolo: *Duelo en el Paraíso*

Los dos puntos

5.13. Lea cuidadosamente las siguientes frases:

Cristo dijo: «Quien esté libre de pecado, que lance la primera piedra».

Cuba tiene las siguientes provincias: Pinar del Río, Habana, Matanzas, Las Villas, Camagüey, Oriente...

Té se acentúa cuando es el nombre de la infusión: Bebé té por las tardes.

Nada hay más deprimente que la embriaguez: degrada al hombre.

CERTIFICO: Que conozco al encausado desde hace veinte años.

Querida tía: Recibí tu carta el día cuatro y...

Paz, trabajo y amor: ésa es la verdadera felicidad.

5.14. Como puede observar, en las frases del número 5.13 se usan los **dos puntos** (:).

Los **dos puntos** representan una pausa menor que la del punto. Tienen la finalidad de llamar la atención sobre lo que se escribe a continuación.

Se usan los dos puntos en los siguientes casos:

1. Antes de una cita textual.
2. Antes de una enumeración.
3. Después de las expresiones: *por ejemplo, verbigracia, a saber,* etcétera.
4. Antes de una oración que sea una conclusión o exprese la causa de lo que se afirma en la anterior.
5. Después de las palabras ORDENO Y MANDO, CERTIFICO, HAGO SABER, EXPONE, CONSIDERANDO y otras fórmulas propias de decretos, sentencias y otros documentos.
6. Después de las palabras de saludo con que se inician las cartas.
7. Después de una enumeración, para comentar lo que ella señala.

EJERCICIO

5.15. Coloque los dos puntos donde corresponda:

Padres divorciados, infancia desdichada, adolescencia llena de soledad he aquí las causas de su conducta.

Las islas Baleares son cuatro Mallorca, Menorca, Ibiza y Formentera.

Las palabras esdrújulas se acentúan siempre. Por ejemplo lámpara, médico.

HAGO SABER Todos los vecinos de esta localidad...

Estimado señor Acusamos recibo de su amable carta...

Mi querida Marta Cada día echo más de menos tu presencia...

Las provincias vascongadas españolas son, a saber Vizcaya, Guipúzcoa y Álava.

Ya lo dijo el poeta Nuestras vidas son los ríos que van a dar a la mar, que es el morir.

Los puntos suspensivos

5.16. Lea cuidadosamente las siguientes frases:

El ladrón que andaba por el patio era... un gato.

Recuerdo este refrán: A mal tiempo...

Debía decirle a Ud... Pero no..., es mejor no decir nada.

Aquella mujer había estado casada con varios hombres: un español, un danés, un checo, un sudafricano...

«Lo soñó activo, caluroso, secreto, del grandor de un punto cerrado (...) con minucioso amor lo soñó, durante catorce lúcidas noches». (Jorge Luis Borges: *El jardín de los senderos que se bifurcan.*)

«Susana San Juan oye el golpe del viento contra la ventana cerrada. Está acostada con los brazos detrás de la cabeza pensando, oyendo los ruidos de la noche...» (Juan Rulfo: *Pedro Páramo.*)

Me decía en su última carta: «...y lamento mucho no poder asistir a tu fiesta».

5.17. Como puede observar, en las frases del número 5.16 se usan los **puntos suspensivos** (...). Los **puntos suspensivos** señalan que algo se deja por expresar, bien porque se sabe o bien porque se prefiere callar. Es un signo que no debe usarse en cartas comerciales.

Se utilizan los puntos suspensivos:

1. Como efecto de estilo, para producir una reacción en el lector.
2. Cuando se quiere suprimir palabras, dejando al lector la comprensión de lo suprimido.
3. Para indicar que el hablante se interrumpe o que habla intermitentemente.
4. Para señalar que una enumeración podría continuarse si se quisiera.
5. Cuando, al citar un texto, se suprime algún pasaje, en lugar de éste se ponen puntos suspensivos entre paréntesis o corchetes [...].
6. Cuando se cita un texto incompleto.
7. Antes de citar algunas palabras de un párrafo largo.

EJERCICIO

5.18. Coloque los puntos suspensivos donde corresponda:

El coche que me lleva corre rápidamente hacia la lejana estación. Ya en el horizonte comienza a surgir un resplandor mate, opaco; las torrecillas metálicas de los cables surgen rígidas.

Azorín: *La ruta de Don Quijote*

Valle-Inclán escribió: «España es una deformación grotesca de la civilización europea».

Ya sabes el cantar: «Quien a buen árbol se arrima»

Invitamos a los cuarenta estudiantes a la fiesta, y vinieron tres.

Yo lo haría, pero

Ya tú le conoces

Quisiera tener fuerzas suficientes pero sé que no podré

Acudieron a la fiesta chinos, japoneses, africanos, argentinos, bolivianos, dominicanos

Díselo tú será mejor.

Recuerda siempre: Quien bien te quiere

Los signos de interrogación

5.19. Lea cuidadosamente las siguientes frases:

¿Qué va a ser de ti?
No sé qué va a ser de ti.
Estoy ya resignado, pero, ¿qué pensará mi hermano?
Estoy ya resignado, pero me preocupa qué pensará mi hermano.
¿Qué deseas?, ¿quieres decir?, ¿prefieres tomar un té?

5.20. Como puede observarse, en algunas frases del número 5.19 se usan los **signos de interrogación** (¿?).

Los **signos de interrogación** se utilizan en las oraciones interrogativas directas. En las oraciones interrogativas indirectas no se usan los signos de interrogación.

En las oraciones en que sólo una parte tiene sentido interrogativo, se usan los signos de interrogación sólo para encuadrar esa parte.

Cuando las preguntas son cortas y seguidas, sólo se escribe con mayúscula la primera de ellas. Las restantes, se escribirán con minúscula.

EJERCICIO

5.21. Coloque los signos de interrogación en las oraciones en que sean necesarios:

Me pregunto qué hacer para resolver esta cuestión.

De dónde vienes.

A qué hora sale el tren.

Lo entiendo muy bien, pero, qué puedo hacer yo en este conflicto.

Tiene fuego.

Llegó ya , viene contento , se le ve bien.

Se lo que busca, pero, será posible encontrarlo.

Qué puedo hacer.

Los signos de admiración

5.22. Lea cuidadosamente las frases siguientes:

¡Qué tonto es el pobre!
¡Vaya lío que has armado!
¡Ven enseguida!
¡Corre!, ¡apresúrate!, ¡llega!
¡Hola!
¡Ay!
¡Cállense!
Estaba leyendo y ¡zas! recibí un pelotazo en la frente.
¡Será posible que haya ocurrido eso?

5.23. Como puede observar, en las frases del número 5.22 se utilizan los **signos de admiración** (¡!).

Los **signos de admiración** se utilizan en las oraciones admirativas, exhortativas e imperativas que posean una gran afectividad. Se incluyen en este grupo las interjecciones cuando van solas.

Como en el caso de las oraciones interrogativas, cuando en una oración exista sólo una parte admirativa, ella sola será la que lleve los signos de admiración.

Igualmente, cuando las oraciones admirativas son cortas y seguidas, se escribe con mayúscula sólo la primera. Las restantes van en minúscula. Si la oración es a la vez interrogativa y exclamativa, se puede usar el signo de admiración al inicio y el de interrogación al final o viceversa.

EJERCICIO

5.24. Coloque los signos de admiración cuando sea necesario:

Caramba. Espérame. No te vayas sin mí.

Ay, que llega el inspector.

Qué escándalo. Qué vergüenza.

Vivan los novios.

Dijeron que hacía buen tiempo. Y tan bueno: cinco grados al sol.

Las comillas

5.25. Lea cuidadosamente las siguientes frases:

Felipe II dijo: "Yo no mandé mis barcos a luchar contra los elementos".
Acabo de leer "Sobre héroes y tumbas", de Sábato.
¿Te gusta "Las hilanderas", de Velázquez?
Pertenece a la "Real Academia Española".
Acabo de comprar una botella de "Bacardí".
Colón llegó a América a bordo de la «Santa María».
Vi esa obra en el teatro «Principal».
Hay que estar «up-to-date».
Me regaló una caja de cerillas por mi cumpleaños. Sabes que es muy «esplendido».

5.26. Como puede observar, en las frases del número 5.25 se utilizan las **comillas** (""/«»). Las **comillas** se emplean en los siguientes casos:

1. Para citar textualmente algo.
2. Para enmarcar con ellas el título de las obras literarias o artísticas en general (cuadros, esculturas, filmes, etc.) y los nombres de barcos, aviones, productos comerciales, instituciones, cafés, cines, teatros, etcétera.
3. Para señalar palabras extranjeras, neologismos, barbarismos o palabras usadas en un sentido diferente al normal, con el fin de indicar que se han seleccionado intencionalmente y no por error. También cuando la palabra lleva una intención irónica, va entre comillas.

EJERCICIO

5.27. Coloque las comillas donde las considere necesarias:

Hace poco vi El alcalde de Zalamea, en el teatro Avenida.

Te espero en el café Comercial.

Asiste al Instituto Valverde.

El vapor Marqués de Comillas hacía la travesía entre América y España.

César dijo: Llegué vi y vencí.

Siempre usa el agua de colonia Dandy.

Eso es muy demodé.

Le entregó todo el dinero al ladrón. Sabes que es muy valiente.

Lenín dijo: Proletarios del mundo, uníos.

¡Qué sabrosura tiene este baile!

Los paréntesis

5.28. Lea cuidadosamente las siguientes frases:

Las hermanas de Rodrigo (Clara y Ester) llegan el domingo.

Se lee en Tácito (pág. 38) esta importante descripción.

Federico García Lorca (1898-1936), pertenece a la generación del 27.

He recibido la cantidad de doscientos dólares ($ 200) por concepto de...

César dijo: «Alea iacta est» (La suerte está echada).

El libro se compone de tres partes: 1) Introducción, 2) La historia de Raquel, 3) Los amores de Martín.

5.29. Como puede observar, en las frases del número 5.28 se usan los **paréntesis** ( ).
Los **paréntesis** se emplean generalmente para intercalar algo en una oración. Veamos con más detalle en qué casos se utiliza este signo de puntuación:

1. En las aclaraciones.
2. Para encerrar los datos que complementan un texto, como número de la página, fechas de nacimiento y muerte de autores, provincia a la que pertenece un pueblo, etcétera.
3. En la correspondencia comercial cuando se añade, a la cantidad en letras, la cantidad en números.
4. En la traducción de palabras extranjeras o que necesitan aclaración.
5. Se emplea un solo paréntesis para indicar las distintas partes de una relación, que se señalan con una letra o un número.
6. En las obras dramáticas se encierran entre paréntesis las acotaciones, es decir, las indicaciones para la representación.

EJERCICIO

5.30. Mediante paréntesis, introduzca en cada oración a) la oración b) correspondiente. (Realice este ejercicio en su cuaderno).

a) *Antonio Buero Vallejo obtuvo en 1949 el premio «Lope de Vega».*
b) *La obra era «Historia de una escalera».*

a) *Las principales obras de Ionesco se presentan aún en París.*
b) *Estas obras son «La cantante calva» y «La lección».*

a) *Valle-Inclán es el creador del esperpento.*
b) *Este escritor vivió entre 1866 y 1936.*

a) *Carmen Laforet se dio a conocer con su novela «Nada».*
b) *Esta obra es de 1949.*

a) *Ramón J. Sender regresó a España.*
b) *Es el autor de «Requiem por un campesino español».*

La raya

5.31. Lea cuidadosamente las siguientes frases:

Las hermanas de Rodrigo —Clara y Ester— llegan el domingo.
— No debes ir tan lejos.
— Está bien.
— Volveré temprano —dijo al marcharse—, no te preocupes.
— Volveré temprano, no te preocupes —dijo al marcharse.

5.32. Como puede observar, en las frases del número 5.31 se usa el signo de la **raya** (—), que no debe confundirse con el guión, más corto que la raya, también llamada **pleca.**

Las **rayas** se usan para sustituir a los paréntesis en los casos de aclaraciones y datos, pero tienen, además, funciones específicas. Éstas son:

1. Indicar una frase pronunciada por alguien o los distintos hablantes en un diálogo. En este caso se usa una sola raya.
2. Introducir en una frase dicha por alguien indicaciones como: *dijo él, replicó,* etc. Cuando esta indicación está en medio de la frase, se encierra entre una pareja de rayas. Cuando está al final, se emplea una sola raya, que precede a la indicación.

El guión

5.33. Lea cuidadosamente las siguientes frases:

La palabra desorientación se compone de cinco sílabas: de-so-rien-ta-ción.

El acuerdo soviético-norteamericano peligró en los últimos tiempos.
La lección teórico-práctica fue muy interesante.
Miguel de Cervantes (1547-1616) es el autor de *Viaje al Parnaso*.
La primera guerra mundial (1914-1918) terminó con el Tratado de Verdún.

5.34. Como puede observar, en las frases del número 5.33 se usa el signo llamado **guión** (-), que, como se ha señalado, no debe confundirse con la raya.

El **guión** se usa:

1. Para separar las palabras en sílabas al final de renglón.
2. En palabras compuestas formadas de gentilicios en oposición o contraste, o bien por dos adjetivos, el primero de los cuales conserva su terminación masculina singular, mientras que el segundo concuerda en género y número con el nombre correspondiente.
3. Para señalar el principio y el fin de un lapso de tiempo.

La diéresis

5.35. Lea cuidadosamente las siguientes palabras:

vergüenza lingüística argüiremos averigüé crüel

5.36. Como puede observar, en las palabras del número 5.35 aparece el signo de la **diéresis** o **crema.**

La **diéresis** o **crema** se usa sobre la vocal *u* de las sílabas *gue* y *gui,* cuando la *u* debe ser pronunciada.

La **diéresis** también se usa en poesía para indicar que debe disolverse, por necesidades métricas, el diptongo de alguna palabra (es el caso de la palabra *crüel* en 5.35).

Ejercicio

5.37. Aplique los signos ortográficos a los siguientes fragmentos:

Don Gonzalo Oh qué feliz que venturoso me hacéis Ah querido Galán ya lo ve usted en ese corazoncito ya no vivo yo solo con pena

Florita Por Dios Gonzalo

Don Gonzalo Si Otro cariñito ha penetrado en él arteramente y apenas queda ya sitio para el pobre hermano

Numeriano Hombre Don Gonzalo yo sentiría que por mi

Don Gonzalo Ah pero no me importa Ámela usted con este acendrado amor con que yo la amo y si la veo dichosa me resignaré contento a la triste soledad en que voy a quedarme

Numeriano Don Gonzalo por Dios si le va a usted a servir esto de un disgusto tan grande yo estoy dispuesto incluso a renunciar a

Florita Pero calla por Dios qué estás diciendo si son tonterías de éste chocheces Egoísmos de viejo

Don Gonzalo Sí sí egoísmos Pero por Dios riquita no te enfades Y ea Perdonad a un hermano impertinente esta pequeña molestia Y venga usted acá Oh amigo mío ha elegido usted tarde pero ha elegido usted bien

Florita Vamos calla por favor Gonzalo

Carlos Arniches: *La señorita de Trevélez*

En el fondo del laberinto cantaba la fuente como un pájaro escondido y el sol poniente doraba los cristales del mirador donde nosotros esperábamos era tibio y fragante Gentiles arcos cerrados por vidrieras de colores le flanqueaban con ese artificio del siglo galante que imaginó las pavanas y las gaviotas En cada arco las vidrieras formaban tríptico y podía verse el jardín en medio de una tormenta en medio de una nevada en medio de un aguacero Aquella tarde el sol de otoño penetraba hasta el centro como la fatigada lanza de un héroe antiguo Concha inmóvil en el arco de la puerta miraba hacia el camino suspirando En derredor volaban las palomas La pobre Concha enojárase conmigo porque oía sonriendo el relato de una celeste aparición que le fuera acordada hallándose dormida en mis brazos Era un sueño como los tenían las santas de aquellas historias que me contaba cuando era niño la dama piadosa y triste que entonces habitaba el Palacio Recuerdo aquel sueño vagamente Concha estaba perdida en el laberinto sentada al pie de la fuente y llorando sin consuelo En esto se le apareció un Arcángel No llevaba espada ni b roquel Era cándido y melancólico como un lirio Concha comprendio que aquel adolescente no venía a pelear con Satanás Le sonrió a través de las lágrimas y el Arcángel extendió sobre ella sus alas de luz y la guió El laberinto era el pecado en que Concha estaba perdida y el agua de la fuente eran todas las lágrimas que había de llorar en el Purgatorio

Ramón del Valle-Inclán: *Sonata de otoño*

Apenas salido de Corrientes había calzado sus recias botas pues los yacarés de la orilla calentaban ya el paisaje Mas a pesar de ello el contador público cuidaba mucho de su calzado evitándole arañazos y sucios contactos

De este modo llegó al obraje de su padrino y a la hora tuvo éste que contener el desenfado de su sobrino.

Adónde vas ahora le había preguntado sorprendido

Al monte quiero recorrerlo un poco repuso Benincasa que acababa de colgarse el Winchester al hombro

Pero infeliz No vas a poder dar un paso Sigue la picada si quieres O mejor deja esa arma y mañana te haré acompañar por un peón

Horacio Quiroga: *Cuentos de amor, de locura y de muerte*

Eso te lo he oído demasiadas veces Carlos mi hijo No esperarás que te crea otra vez

Carlos dijo

Es que no entiendes no entiendes nada Te concedo tu superioridad y como te dije envidio tu equilibrio y tu ironía desapegada pero sabes una cosa Te tengo compasión Cuando me acuerdo de tus amores te compadezco tanto tanto

Carlos que hablaba con su intensidad habitual redoblada preguntó de pronto

Te acuerdas de esa querida que tuviste hace años Esa judía buena moza una grandota de pelo pintado

Tu dices la Rebeca

Claro la Rebeca Era tu querida era cómodo tenerla la visitabas un par de veces por semana a horas estipuladas y creo que fuiste bastante generoso con ella Pero en cuanto tuviste miedo de enamorarte de veras de ella a necesitarla la dejaste porque entonces la pobre Rebeca ya no era una comodidad para ti podía comprometerte El manual de Carreño que parece haber sido la única influencia fuerte de tu vida porque esto sí eres todo un caballero debe decir en la primera página que un caballero no se casa nunca con su querida menos si es judía Que hubiera dicho tu familia los cuatro pelagatos venidos a menos que van quedando y que a ti por lo demás nunca te han importado un bledo No Andrés tu no has vivido has soslayado la vida.

José Donoso: *Coronación*

6. Las letras de ortografía dudosa

6.1. La B, la V y la W

Las letras **b** y **v** corresponden a un mismo fonema español, /b/. En estados anteriores de la lengua existían dos fonemas, el bilabial y el fricativo, que se reflejaban claramente en las letras **b** y **v** como ocurre en el francés y el inglés. Actualmente el fonema /v/, fricativo, ha desaparecido de la lengua castellana.

La b (be)

6.1.1. Lea cuidadosamente los siguientes verbos:

escribir	contribuir	*hervir*
prohibir	haber	*servir*
concebir	saber	*vivir*
atribuir	caber	*precaver*
retribuir	deber	*atrever*
		entrever

6.1.2. Como puede observar, se escriben con **b** todos los verbos terminados en *bir, buir, aber* y *eber,* excepto *hervir, servir, vivir, precaver, atrever,* y los compuestos de *ver.*

EJERCICIO

6.1.3. Coloque *b* o *v,* donde corresponda en las frases siguientes:

Ella ser___ía de modelo a ese pintor famoso.

La abuela nos en___ió una hermosa carta.

De___es tomar siempre leche her___ida.

Tú sa___es bien que le quiero.

El director conci___ió una idea estupenda.

Esas obras estuvieron prohi___idas en un tiempo.

No me ca___e en la cabeza que eso haya sucedido.

Esa obra se atri___uye a Velázquez.

Más vale preca___er que tener que lamentar.

Nos sir___ieron un desayuno delicioso.

Her___ía de celos.

Ese espectáculo no ca___e en un escenario.

Se atre___ió a salir sin nuestro permiso.

Tienes que contri___uir a la colecta.

No escri___as en forma tan desordenada.

Te prohí___o que invites a más amigos.

De___emos respetar a nuestros semejantes.

No conci___o que dejes el curso a la mitad.

Vi___e muy cerca de nuestra casa de la playa.

Sa___íamos que no era leal a la causa.

No te tomes esas atri___uciones.

Entre___emos cosas desagradables en el asunto.

Tiene que vi___ir con muy poco dinero.

Espero que retri___uya todo lo anterior.

Contri___uyó con su mejor buena fe.

Hombre preca___ido vale por dos.

Nos atre___imos a venir sin anunciarnos.

Pre___eo muchos males para este chico.

No te van a retri___uir como te mereces.

¡No be___as tanto!

6.1.4. Lea cuidadosamente las siguientes formas verbales:

andábamos	iba	jugabas	iban	peleabais
bailaban	ibais	regulábamos	íbamos	cantabas

Como puede observar, se escriben con **b** las terminaciones *aba, abas, aba, ábamos, abais, aban* del pretérito imperfecto de indicativo de los verbos terminados en *ar,* y el verbo *ir*

EJERCICIO

6.1.5. De acuerdo con este regla, rellene los espacios en blanco:

Los chicos salta___an en el parque.

Aquella tarde í___amos al bosque cuando llegaron los demás.

I___a a misa todos los días en el colegio.

Aboná___amos el campo cada primavera.

Mi abuela nos abotona___a los abrigos al salir.

En aquel tiempo abunda___an los mendigos en la ciudad.

Cristo aboga___a por los pobres.

Recuerdo que aquel verano i___as de excursión todos los domingos.

La niñas salta___an de alegría siempre que í___amos de paseo.

Al salir de viaje, llená___amos siempre el automóvil de provisiones.

Los peregrinos camina___an hacia la ermita.

Los padres i___an muy contentos con sus hijos.

Los nazis ametralla___an sin piedad a los judíos.

Í___amos sin dinero, pero con una gran ilusión.

El sacerdote aconseja___a a los fieles.

6.1.6. Lea cuidadosamente las siguientes palabras:

alba	árbol	*Álvaro*
albañil	árbitro	*alvéolo*
álbum	arbitrar	*altavoz*
albaricoque	arbusto	*altivez*
alcoba	arboleda	*altivo*

Como puede observar, las palabras que empiezan por *al* y *ar* se escriben con **b** cuando tienen ese sonido, excepto en los casos de *Álvaro, alvéolo, altivo, altivez, altavoz.*

6.1.7. De acuerdo con esta regla, rellene los espacios en blanco:

El al___ergue estaba muy cerca de la montaña.

La al___erca ha sido limpiada ayer.

Nos gusta el al___aricoque en almí___ar.

Ál___aro es un nombre de origen germánico.

Hubo gran al___oroto en la plaza.

Los alta___oces no cesaron de lanzar consignas.

Es un hombre muy alti___o.

El ár___ol de Pedro no está florecido.

Debes limpiar el alda___ón.

Hizo de ár___itro en el partido de ayer.

El al___añil trabajó desde el al___a.

Todos debemos usar nuestro al___edrío.

Está aprendiendo el alfa___eto griego.

No sale de su alco___a.

Me puse el al___ornoz porque hace mucho frío.

6.1.8. Lea cuidadosamente las siguientes palabras:

biblioteca	beato	*veamos*
bibliografía	abogado	*vea*
bibliófilo	abordar	*veas*
bibliómano	abusar	*vean*
beatitud	abuelo	

Como puede observar, se escriben con **b** todas las palabras que comienzan por los sonidos *bibl, bea, abo, abu,* excepto las formas *vea,* etc. del verbo *ver*.

EJERCICIO

6.1.9. De acuerdo con esta regla, rellene los espacios en blanco:

Es a___usivo el aumento de los impuestos.

Él no quiere que___eamos sus éxitos.

La ___iblioteca de la escuela tiene ese volumen.

La ___eatería es dañina en algunos casos.

Estuvo a___ogando por los derechos del pueblo.

El a___uelo nos contaba interesantes historias.

___ea todos los progresos de estos últimos años.

La ___ibliografía sobre ese autor es muy extensa.

Es un terreno muy bien a___onado.

A___ordó el tema sin conocerlo a cabalidad.

La ___eata iba todos los días a visitar a los pobres.

La armadura de Don Quijote estaba a___ollada.

Lincoln a___olió la esclavitud en Estados Unidos.

Es una chica muy a___urrida.

Padece de a___ulia.

6.1.10. Lea cuidadosamente las siguientes palabras:

bicolor	bien	*viento*
bimestre	bienvenida	*Venezuela*
bípedo	benevolencia	*venerar*
bímano	beneficio	*vientre*
bigamia	benefactor	*Viena*

Como puede observar, las palabras que empiezan por los prefijos *bi* (que significa «dos»), *bien* y *bene* (con significado de «bueno» o «a favor de») se escriben con **b**. Las palabras con este sonido que no respondan a estos prefijos se escriben con *v* .

EJERCICIO

6.1.11. De acuerdo con esta regla, rellene los espacios en blanco:

Muchos turistas ___ienen en el verano.

Ese ___eneno es muy fuerte.

Se fue con el ___eneplácito de sus directores.

Contó con la ___enevolencia de sus padres.

___enecia es una ciudad excepcional.

Tiene mucho ___ienestar en su vida.

El ___ienhechor de este colegio es de Perú.

La capital de Austria es ___iena.

No está ___ien eso que hiciste.

El ___iento golpeó las ventanas toda la noche.

Esperamos ir a ___enezuela el próximo verano.

La ___ienal de Venecia ha perdido calidad.

Fue acusado de ___igamia.

Usa lentes ___ifocales.

Es un profesor ___ilingüe.

6.1.12. Lea cuidadosamente las siguientes palabras:

burro	burbuja	busca
bufanda	burgués	busto
búfalo	burdo	buscón
bula	burla	butaca
buñuelo	burocracia	butifarra

Como puede observar, las palabras que comienzan por *bu, bur, bus* se escriben con **b.**

EJERCICIO

6.1.13. De acuerdo con la referida norma, rellene los espacios en blanco:

Nos dijo una mentira muy ___urda.

El ___uzón de correos está lleno de correspondencia.

El ___usto del patriarca fue develado recientemente.

Se hizo una afanosa ___úsqueda del niño perdido.

Es un ___uscavidas.

Escribió un poema ___urlesco.

Es un ___urócrata amargado.

Paseé en ___urro por la sierra.

Acababa de vender el ___uque.

Vimos el ___ulto en la oscuridad.

6.1.14. Lea cuidadosamente las siguientes palabras:

bonanza	borla	*voracidad*
bondad	bogar	*vorágine*
bonzo	Bogotá	*voto*
bordado	bota	
borde	botella	

Como puede observar, las palabras que empiezan por *bon, bor, bog* y *bot* se escriben con **b**, excepto *vorágine* y *voto*.

EJERCICIO

6.1.15. De acuerdo con esta regla, rellene los espacios en blanco:

La ___orágine *es una novela de José Eustasio Rivera.*

Hacemos ___otos porque recupere su salud.

Era muy ___ondadoso con los enfermos.

Cayó por el ___orde de la carretera al mar.

Los vencedores obtuvieron un enorme ___otín.

La ___otánica es una ciencia muy interesante.

Isabel II pertenecía a la familia de los ___orbones.

Fue presa de la ___oracidad de los abogados.

Se bebió una ___otella de ron esa noche.

Se pasó la mañana ___ogando por el río.

6.1.16. Lea cuidadosamente las siguientes palabras:

bajada	barca	batea	*vajilla*	*vatio*
bajel	barnizar	batería	*vara*	*vate*
bajío	barbero	batir	*Vargas*	*Vaticano*

bajonao	bárbaro	batracio	*varices*	*varicela*
barba	bata	baturro	*varar*	*Varsovia*

Como puede observar, las palabras que empiezan por *baj, bar* y *bat* se escriben con **b,** excepto *vajilla, vara, Vargas, varices, varón* (masculino de hembra), *Vaticano, varicela, Varsovia, Vaticinar, varar, vatio* y *vate.*

6.1.17. De acuerdo con esta regla, rellene los espacios en blanco:

Se llama ___aturros a los naturales de Aragón.

Los precios no han ___ajado.

El ___aticano tiene muchos museos.

___argas es un apellido muy frecuente en Andalucía.

El matrimonio tiene tres ___arones y una hembra.

El ___arbero es personaje frecuente en el teatro.

Compró una ___ajilla con ribetes en oro.

___arsovia fue destruída en la Segunda Guerra Mundial.

___aticinaron grandes desastres para aquel año.

Se ___atieron en medio de la noche.

Padece de ___arices.

El ___ajel quedó ___arado en la costa.

Tenía la ___arba muy roja y vestía una ___ata.

Lleva___a una ___ara de mimbre en las manos.

6.1.18. Lea cuidadosamente las siguientes palabras:

estribillo	escarabajo	*esclavo*
esbirro	escribano	*esquivar*
esbozar	escarbar	*eslavo*
escabeche	escoba	*espolvorear*
escabel	eslabón	*estival*

Como puede observar, en las palabras que empiezan por *es* se escribe **b** cuando tienen este sonido, excepto en los casos de *esclavo, esquivar, eslavo, espolvorear, estival* y sus derivados.

EJERCICIO

6.1.19. De acuerdo con esta regla, rellene los espacios en blanco:

Es conveniente que te espa___iles.

No seamos escla___os de nadie.

Evitemos cantar ese estri___illo.

Tiremos el esla___ón sobrante de esta cadena.

Hizo un es___ozo muy interesante de su novela.

Las vacaciones esti___ales son esperadas con ansiedad.

Oímos aquella noche música esla___a.

Se esca___ulló sin dejar huellas.

La dama puso los pies en el esca___el.

Espol___orea azúcar sobre los ___uñuelos.

La gallina escar___a___a en el patio.

La tropa esqui___ó a los enemigos.

Los dictadores siempre cuentan con es___irros.

Le impresionan los escara___ajos.

6.1.20. Lea cuidadosamente las siguientes palabras:

cábala	cebada	cubierta	*cavar*
caballo	cebolla	cubil	*caverna*
cabeza	célibe	cubo	*caviar*
cabo	cobarde	gobierno	*covacha*
cabría	cúbico	gubernamental	*Covadonga*

haba	jabalí	laberinto	*Java*
habitación	jabón	lobo	*Javier*
hábito	jubilar	lóbulo	*juventud*
hebilla	júbilo	nube	*lavar*
hibernación	jubón	núbil	*Nieves*

Como puede observar, se usa **b** en las palabras que empiezan por *ca, ce, co, go, gu, ha, he, hi, ja, ju, la, lo* y *nu,* salvo las excepciones que aparecen en la última lista del número 6.1.20 y sus derivados.

EJERCICIO

6.1.21. De acuerdo con esa regla, rellene los espacios en blanco:

La ju___entud es muy egoísta.

Prefiero hablar siempre desde una ca___ina.

El nuevo go___ierno ha dado garantías a todos.

Se refugia a menudo en su cu___il.

Los jue___es vamos al cine.

Dimos un paseo por el ca___o.

Le gustan las ha___as con chorizo.

Se pasa el día viendo pasar las nu___es.

Estuvieron ca___ando toda la mañana.

Tenía el há___ito de leer hasta muy tarde.

6.1.22. Lea cuidadosamente las siguientes palabras:

rabia	ribazo	robusto	rubicundo	*rivalidad*
rabino	ribera	rubí	rubor	*rivera* (arroyo)
rabo	robo	rubio	sábado	*Rovira*

sabana	soberano	tábano	tobogán	*savia*
sábana	sobornar	taberna	trébol	*soviético*
sabio	soberbia	tabique	tribu	*tuve*
sibarita	subasta	tebano	tubérculo	*tuvimos*
sibila	súbito	tibio	tubo	
sibilante	subordinar	tiburón	turbante	
sobar	tabaco	tobillo	urbe	

Como puede observar, se escribe **b** a continuación de las siguientes sílabas iniciales *ra, ri, ro, ru, sa, si, so, su, ta, te, ti, to, tu, tre, tri, tur, ur*. Existen algunas excepciones, las más importantes de las cuales aparecen en la última lista del número 6.1.22.

EJERCICIO

6.1.23. De acuerdo con esa norma, rellene los espacios en blanco:

El público acudió al tri___unal.

La tur___ina funcionaba mal.

Ya no existe la Union So___iética.

Paseó por la sa___ana al amanecer.

Sor Juana Inés de la Cruz fue una mujer muy sa___ia.

La sa___ia de esta planta es olorosa.

El agua sale muy tur___ia.

Los checoslovacos firmaron un acuerdo con los yugosla___os.

Capturó un ti___urón muy grande.

Le esperaba en el ri___azo.

6.1.24. Lea cuidadosamente las siguientes palabras:

amabilidad	moribundo	*movilidad*
habilidad	vagabundo	*civilidad*

sociabilidad	meditabundo
probabilidad	nauseabunda
flexibilidad	tremebunda

Como puede observar, se escriben con **b** todas las palabras terminadas en *bilidad, bundo, bunda,* excepto *civilidad* y *movilidad.*

EJERCICIO

6.1.25. De acuerdo con esa regla, rellene los espacios en blanco.

Siempre anda medita___undo.

Su suscepti___ilidad era exagerada.

El tenía toda la responsa___ilidad del hecho.

Era un pobre vaga___undo.

Por mi de___ilidad no afronté el problema.

Debemos buscar la via___ilidad de este asunto.

Eso que me cuentas es nausea___undo.

Este automóvil tiene una mo___ilidad impresionante.

Es un experto en conta___ilidad.

Raquel es muy pudi___unda.

6.1.26. Lea cuidadosamente las siguientes palabras:

tablero	libro	obvio	objeto	Job
obtener	obscuro	Jacob	abstenerse	blusa
cable	brújula	abdomen	blando	blindado

Como puede observar, se escribe **b** antes de cualquier consonante y al final de palabra.

EJERCICIO

6.1.27. De acuerdo con la norma referida, rellene los espacios en blanco:

El pobre Juan es muy ___ruto.

Esta tarde hace mucha ___risa en el parque.

Pelearon ___ravamente.

La ca___ra siempre tira el monte.

Tienes la paciencia de Jo___.

Quisimos o___servar todo desde la terraza.

Esa disposición es o___soleta.

Me haces reír mucho con tus ___romas.

Es o___vio que iremos temprano.

Puso muchas o___jeciones a nuestro proyecto.

La ___lasfemia es un pecado frecuente en España.

En ___reve estaremos instalados en la nueva casa.

Cu___ramos el cuadro con este paño.

Algunos filósofos buscan lo a___soluto.

Fueron asom___ro de propios y extraños.

Le dieron un ___revaje para hacerle dormir.

Iba vestida de ___lanco.

Vive a expensas de sus ___lasones.

La ___ruma nos impedía ver el camino.

Es a___surda esta teoría que esboza el abuelo.

6.1.28. Rellene los espacios en blanco con **b** o **v**, según corresponda, de acuerdo con las reglas que se han estudiado.

Creemos en la posi___ilidad de la a___dicación del rey.

___ienaventurados los po___res, dijo Jesucristo.

___ivió intensamente hasta el día de su muerte.

Andu___o erra___undo por el campo durante semanas.

Los co___ardes no sir___en para la guerra.

___e___ía mucho todos los días.

En la época esti___al camina___a por la ri___era del río.

Ayer vi que i___as muy elegante.

Con alegría y ama___ilidad ganó el campeonato.

El alcalde dará la ___ienvenida al ilustre visitante.

Hubo al___oroto en la escuela.

El maestro ad___irtió que estudiaran mucho.

Hoy comeremos al___óndigas con patatas.

Era una mujer muy alti___a.

Descu___rió muchas cosas aquel día.

O___uvo un gran éxito en ___arsovia.

El a___uelo sacó a pasear a los niños de Ro___ira.

La ___i___lioteca está abierta los sá___ados.

Esa bandera es___icolor.

Dicen que ese libro es o___sceno.

Mostra___a a cada visitante su nueva ___ajilla.

La alco___a esta___a a media luz.

La ar___oleda perdida es un libro de Rafael Al___erti.

Espartaco se alzó contra la escla___itud.

Hu___o muchos crímenes en aquella época en Se___illa.

El ladrón se atre___ió a entrar con un tur___ante lujoso.

El ra___ino contribuyó con una suma importante.

El ca___le se rompió y el pú___lico se asustó mucho.

La ___rújula ayuda a los navegantes.

La v (uve)

6.1.29. Lea cuidadosamente las siguientes formas verbales:

anduve	estuviese	contuviera
anduviera	estuviere	contuviese
anduviéramos	tuve	contuviere
anduviese	tuviera	sostuve
anduviere	tuviese	sostuviera
estuve	tuviere	sostuviese
estuviera	contuve	sostuviere

Como puede observar, las personas del indefinido de indicativo y del pretérito y futuro imperfecto del subjuntivo de los verbos *andar, estar* y *tener,* así como sus compuestos, se escriben con **v.**

EJERCICIO

6.1.30. De acuerdo con la norma referida, rellene los espacios en blanco:

La viuda mantu___o su casa con su trabajo.

Estu___ieron en Jamaica quince días.

¿Andu___isteis todo el camino a oscuras?

El acusado sostu___o que era inocente.

Si tu___ieras interés, habrías venido enseguida.

Tu___o mucho dinero, pero lo derrochó.

Me gustaría que ella estu___iera alegre en la fiesta.

Con su charla nos retu___o demasiado.

Tu___ieron mucho interés en atenderte bien.

6.1.31. Lea cuidadosamente las siguientes formas verbales:

voy	vas	va	vamos	vais	van	ve
vaya	vayas	vayamos	vayáis	vayan		

Como puede observar, las personas de los presentes de indicativo y subjuntivo y el singular del imperativo del verbo *ir* se escriben con **v.**

EJERCICIO

6.1.32. Según esta regla, rellene los espacios en blanco:

Si quieres___oy contigo al paseo.

No espero que ___ayamos tan temprano al cine.

___e al juez y confiesa tu culpa.

¿___ais sin paraguas?

Que él ___aya y averigüe qué ha sucedido.

6.1.33. Lea cuidadosamente las siguientes palabras:

dividir	divo	*dibujante*
divagar	divertir	*dibujo*
divinidad	divisor	*dibujar*
diván	divisa	*diabólico*
diverso	diversidad	*disturbio*
división	divorcio	
divulgar	divergente	
divisorio		

Como puede observar, se escriben con **v** las palabras que comienzan por *di*, excepto *dibujo, dibujar, dibujante, diabólico* y *disturbio.*

EJERCICIO

6.1.34. De acuerdo con las reglas estudiadas, rellene los espacios en blanco:

Si ello te di___ierte, haremos di___ersos juegos de manos.

El di___orcio de sus padres le resultó dañino.

Hay di___ujos muy valiosos en la exposición.

Era un individuo de ideas muy dia___ólicas.

Es necesario di___ulgar su obra entre todos los amigos.

Sus caminos son di___ergentes.

Hemos di___idido la tarta en partes iguales.

Desde este punto se di___isa un panorama estupendo.

La di___a fue muy aplaudida en Carmen.

El conferenciante di___agó por mucho rato.

Hu___o muchos distur___ios en esa región.

Ponemos a consideración del pú___lico la gran di___ersidad de o___jetos.

Aprendió a di___ujar en ___arso___ia.

Tenía como di___isa la lealtad y la ama___ilidad.

Surgió una di___ergencia entre los miembros del tri___unal.

6.1.35. Lea cuidadosamente las siguientes palabras:

Eva	evitar	*ébano*
evasión	evidente	*ebanista*
evangelio	evocar	*ebonita*
evento	evocación	
eventual	evolución	

Como puede observar, las voces que comienzan por *eva, eve, evi, evo* se escriben con **v**, menos *ébano, ebanista, ebonita* y algunas otras de raro uso.

EJERCICIO

6.1.36. Según las normas conocidas, rellene los espacios en blanco:

El e___anista terminó el mueble el sá___ado.

Lee con frecuencia los E___angelios.

El conferenciante e___ocó los tiempos del autor.

Su participación en el crimen es e___idente.

Todos acudieron al e___ento.

6.1.37. Lea cuidadosamente las siguientes palabras:

calvo	Cervantes	convenio	*cerbatana*
Calvario	cerveza	conveniencia	*cancerbero*
clavicordio	cervatillo	convalecencia	
clavar	cerviz	curva	
clavel	cervecería	curvilíneo	

Como puede observar, se escriben con **v** las palabras que comienzan por *cal, cer, cla, con, cur.*

EJERCICIO

6.1.38. Según las reglas estudiadas, rellene los espacios en blanco:

Padecía una cal___icie prematura.

Los niños juegan con cer___atanas.

La cer___ecería estaba llena de ancianos.

Tienes que doblar la cer___iz ante la autoridad.

Tuvo un accidente en esa peligrosa cur___a.

Le regalaron una docena de cla___eles rojos.

Este con___enio es muy importante para nuestro negocio.

Interpretaba la sonata en el cla___icordio.

Pasó mucho tiempo en la con___alecencia.

6.1.39. Lea cuidadosamente las siguientes palabras:

joven	malva	*mobiliario*
jovial	malvado	
levantar	malvavisco	
Levante	mover	
leva	móvil	

Como puede observar, las palabras que comienzan por *jo, le, mal* y *mo* se escriben con **v**, menos *mobiliario*.

EJERCICIO

6.1.40. Según esta regla, rellene los espacios en blanco.

Fue siempre un anciano muy jo___ial.

Compró todo el mo___iliario nuevo.

Haremos un crucero por el Le___ante.

El mó___il del asesinato fue su locura.

Acaban de hacer una le___a en ese pueblo.

No cabe duda que es un mal___ado.

El ejército fue mo___ilizado en fecha reciente.

Los jó___enes pasan bien el tiempo en los bailes.

Nos le___antamos muy temprano ayer.

Le gusta el color mal___a.

6.1.41. Lea cuidadosamente las siguientes palabras:

llave	llavero	llavín	llevar	llevadero
llover	llovizna	lluvia	lluvioso	llamativo

Como puede observar, se escriben con **v** las palabras que empiezan por *lla, lle, llo, llu*.

EJERCICIO

6.1.42. Según las reglas estudiadas, rellene los espacios en blanco:

¿Habéis lle___ado las ___ujías a la ___illa cercana?

Parece que llo___ió mucho anoche.

El tiempo sigue llu___ioso.

Dame todas las lla___es de la casa.

Ese traje es demasiado llamati___o.

Con un poco de resignación todo es más lle___adero.

Tienes que lle___ar el ___urro a la ___illa.

De tanto llo___er, el á___side de la iglesia se derrumba___a.

Esta llo___izna es muy molesta.

Ha dado lla___eros a los di___ersos secretarios.

6.1.43. Lea cuidadosamente las siguientes palabras:

navaja	nivelar	novilla	*Nabucodonosor*
navegar	novedad	noventa	*nabo*
nevar	novela	noviembre	*nebulosa*
nevera	novenario	novicia	*nibelungo*
nivel	novia	novelesco	*nobiliario*
			Nobel
			notabilidad

Como puede observar, las palabras que comienzan con *na, ne, ni, no* se escriben con **v**, menos la lista de excepciones del número 6.1.43.

EJERCICIO

6.1.44. Según la regla anterior, rellene los espacios en blanco:

Doña Inés era no___icia en el drama Don Juan Tenorio.

Los na___egantes llegaron al amanecer.

Acaba de publicar una excelente no___ela.

Me gustan mucho los na___os.

Juan Ramón Jiménez recibió el premio No___el.

Fue asesinado con una na___aja.

Estuvo ne___ando toda la noche.

Las aguas han cogido su ni___el.

Esa obra es una de las mejores no___edades de la temporada.

Se gana la vida como no___illero.

6.1.45. Lea cuidadosamente las siguientes palabras:

pavo	prevaricar	provechoso	*pabilo*
pavón	prevalecer	provincia	*pabellón*
pavoroso	prevenir	proverbio	*pábulo*
pavonearse	privado	polvo	*prebenda*
párvulo	privilegio	polvareda	*probar*

Como puede observar, se escriben como **v** las palabras que comienzan por *pa, par, pre, pri, pro, pol,* excepto *pabilo, pabellón, pábulo, prebenda, probar* y sus derivados.

EJERCICIO

6.1.46. Según las reglas ya estudiadas, rellene los espacios en blanco:

Hom___re preca___ido vale por dos.

Parece la lla___e de la pol___era.

Disfrutó de muchas pre___endas en su ju___ventud.

La pro___incia de Córdoba es muy oli___arera.

Se pa___oneaba por el parque.

Resultó un crimen pa___oroso.

Fue privado de todos sus ___ienes al morir su a___uelo.

Se compro___ó que era un médico ___alioso.

Sacó mucho pro___echo de esas pre___endas.

El Sr. Pa___ón no asistió a la cita.

Era un hombre pro___o que no acepta___a ___ienes ajenos.

Su ad___ersario le hizo pol___o sus teorías.

Se rompió la pro___eta con la lla___e.

Los norteamericanos comen pa___o el Día de Gracias.

6.1.47. Lea cuidadosamente las siguientes palabras:

salvar	selva	silva	*Sebastián*
salvaje	selvático	silvestre	*sebo*
salvoconducto	servicio	solvencia	*silbar*
severo	servir	solventar	
sevicia	servilleta	solvente	

Como puede observar, las palabras que comienzan por *sal, se, sel, ser, sil, sol* se escriben con **v**, excepto *Sebastián, sebo, silbar* y sus derivados.

EJERCICIO

6.1.48. Según las reglas estudiadas, rellene los espacios en blanco.

Se___astián salió temprano al campo.

Es una persona sol___ente.

De___e prestar ser___icio en el ejército.

Se internaron en la sel___a.

Rousseau esta___leció la idea del ___uen ___sal___aje.

Le gusta sil___ar esa canción de moda.

Es necesario sol___entar este problema.

Tenía un sal___oconducto de los ___úlgaros.

No te ol___ides de poner ser___illetas en la mesa.

Es un poeta que escri___e unas sil___as magníficas.

No me gusta el se___o en la carne.

La policía lo utilizó de ce___o para el asesino.

La miel sil___estre *es un cuento de Horacio Quiroga.*

El cantante gustó tan poco, que le sil___aron al final.

Era una madre demasiado se___era.

6.1.49. Lea cuidadosamente las siguientes palabras:

vicecanciller	villancico	*billar*
vicepresidente	villa	*bíceps*
vicecónsul	villano	
viceversa	villanía	
vicealmirante	Villanueva	

Como puede observar, se escriben con **v** las palabras que comienzan por *vice* y *villa,* menos *billar* y *bíceps.*

EJERCICIO

6.1.50. Según las reglas estudiadas, rellene los espacios en blanco.

___illanueva del Rey es un pueblo de Córdoba.

El ___illano en su rincón *es una comedia de Lope de Vega.*

El ___icepresidente acudió a los tri___unales.

Por Navidad se cantan ___illancicos.

El ___illar es un juego muy interesante.

Madrid tiene categoría de ___illa.

Tiene unos ___íceps muy desarrollados.

El ___icecónsul atenderá cualquier solicitud.

Tomó las de ___illadiego.

El Sr. ___illalba no vendrá esta noche.

6.1.51. Lea cuidadosamente las siguientes palabras:

cava	nueva	cautiva	*árabe*
octava	cueva	negativa	*lavabo*
grave	breve	declive	*criba*
cónclave	suave	abusivo	*arriba*
esclavo	medioevo	activo	*rabo*
			cabo

Como puede observar, las palabras terminadas en *ava, ave, avo, eva, eve, evo, iva, ive, ivo,* se escriben con **v,** menos *árabe, lavabo, criba, arriba, rabo, cabo* y sus derivados.

EJERCICIO

6.1.52. Según las reglas conocidas, rellene los espacios en blanco:

Estu___o estupendo el aperiti___o.

El domingo es un día festi___o.

Estas flores tienen un olor sua___e.

Es un ára___e longe___o.

Arri___a, en la ___illa, hay muchas pre___endas.

La di___a necesitaba un la___abo.

Ja___ier es un chico muy pensati___o.

Respondió afirmati___amente.

El acusati___o es el caso del complemento directo.

El Medie___o contri___uyó al arte de todos los tiempos.

Las ___isitas deben ser bre___es.

Este cla___o me produjo una herida le___e.

Es un li___ro demasiado corrosi___o.

Definiti___amente no fueron a ___iena.

Pro___aremos a conjugar el ___erbo en voz acti___a.

6.1.53. Lea cuidadosamente las siguientes palabras:

carnívoro *víbora*

herbívoro

triunviro

Elvira

Como puede observar, las palabras terminadas en *ívora, ívoro, vira, viro* se escriben con **v,** excepto *víbora.*

EJERCICIO

6.1.54. Según las reglas estudiadas, rellene los espacios en blanco:

Mi amiga El___ira es muy feliz con su marido.

El triun___irato fue derrocado por Octavio.

Hay muchas especies de flores carní___oras.

De ___es tener mucho cuidado con las ___í___oras.

Este animal es her___í___oro.

6.1.55. Lea cuidadosamente los siguientes infinitivos:

conservar	*desherbar*
reservar	*exacerbar*
preservar	
volver	
resolver	

Como puede observar, los verbos terminados en *ervar* y *olver* se escriben con **v**, menos *desherbar* y *exacerbar*.

EJERCICIO

6.1.56. Según las reglas estudiadas, rellene los espacios en blanco.

Hasta hace muy poco se conser___a___a muy ___ien.

Su actuación exacer___ó a la familia.

Hemos de tener reser___as para cualquier e___entualidad.

Vol___er a la antigua patria, es el deseo de muchos de los he___reos.

El perro re___ol___ió todos los papeles.

6.1.57. Lea cuidadosamente las siguientes palabras:

avenir	convenir
desavenir	intervenir
venir	porvenir
sobrevenir	contravenir
desprevenir	prevenir

Como puede observar, se escriben con **v** las palabras que terminan en *venir*.

EJERCICIO

6.1.58. De acuerdo con las reglas que ya hemos visto, rellene los espacios en blanco:

El por___enir es muy ad___erso.

Contra___ino las ordenanzas de la ___iblioteca.

Inter___ino para erradicar la ___urocracia.

Hay la posi___ilidad de que sobre___enga un desastre.

Hombre pre___enido vale por dos.

Inter___inieron los esla___os en la guerra.

___inieron muchas chicas con ___lusas verdes y ___lancas.

El ___icepresidente con___ino en la necesidad de recaudar fondos.

De___emos estar pre___enidos para un ataque aéreo.

Por suerte, se a___inieron las partes lo antes posi___le.

6.1.59. Lea cuidadosamente las siguientes palabras:

obvio	adverbio	envidia
subvención	adversario	invierno
subversivo	advenedizo	invariable
observar	Adviento	invasor
	adventicio	invento

Como puede observar, después de las consonantes *b, d* y *n* se escribe **v.**

EJERCICIO

6.1.60. Según las reglas estudiadas, rellene los espacios en blanco:

Es a___surdo ad___ertir que quien mal anda mal acaba.

Es ob___io que la fortuna te ha sido ad___ersa en esta ocasión.

Esa chica le tiene en___idia a su amiga.

Nuestro tema será el ad___erbio y sus di___ersas clases.

La in___asión ocurrió en el in___ierno.

Su objeti___o era ad___ertirle del peligro.

Distri___uía propaganda sub___ersiva en las escuelas.

Su in___ento le hizo millonario.

El ad___enimiento de los Borbones al trono de España ocurrió al morir Carlos II.

La in___ersión en aquella empresa le fue muy ___eneficiosa.

Quedó in___álido de resultas de un choque.

Estamos haciendo el in___entario de nuestros ___ienes.

Él era un ad___enedizo en aquella casa.

El ad___ersario no logró vencerlo.

6.1.61. Lea cuidadosamente las siguientes palabras:

invierno primavera verano nueve veinte

Como puede observar, se escriben con **v** los nombres de los números y las estaciones del año.

Ejercicio

6.1.62. Según las reglas conocidas, rellene los espacios en blanco.

El no___eno de la clase es Ál___aro.

El curso escolar comienza sobre el día nue___e de octu___re.

Hoy hace ___eintinue___e días que llegó.

Este ___erano iremos a las montañas.

En la prima___era ___endría mi padre.

6.1.63. Existe en nuestro idioma una gran cantidad de palabras que cambian de significado según se escriban con **b** o con **v**. Los vocablos más frecuentes de este grupo son:

abal	*(fruto)*	aval	*(garantía)*
baca	*(de los carruajes)*	vaca	*(animal)*
bacante	*(de Baco)*	vacante	*(que no está ocupado)*
bacía	*(de barbero)*	vacía	*(que no tiene nada dentro)*

bacilo	*(microbio)*	vacilo	*(de vacilar)*
balido	*(de balar)*	valido	*(favorito)*
balón	*(pelota)*	valón	*(perteneciente a cierta zona de Bélgica)*
barita	*(mineral de bario)*	varita	*(palo delgado)*
barón	*(título de nobleza)*	varón	*(hombre)*
basca	*(desmayo)*	vasca	*(vascongada)*
basto	*(rudo, palo de baraja)*	vasto	*(extenso)*
bate	*(de batir)*	vate	*(poeta)*
bello	*(hermoso)*	vello	*(pelo)*
Berja	*(población)*	verja	*(reja)*
bienes	*(riqueza)*	vienes	*(del verbo venir)*
bobina	*(carrete)*	bovina	*(de buey)*
bota	*(calzado)*	vota	*(de votar)*
botar	*(saltar)*	votar	*(depositar el voto)*
bote	*(embarcación)*	vote	*(de votar)*
Caba	*(apellido)*	cava	*(cueva)*
cabe	*(del verbo caber)*	cave	*(del verbo cavar)*
cabila	*(tribu)*	cavila	*(de cavilar)*
corbeta	*(nave)*	corveta	*(pirueta)*
grabar	*(esculpir)*	gravar	*(imponer carga o contribución)*
hierba	*(planta)*	hierva	*(de hervir)*
nabal	*(de nabos)*	naval	*(término marítimo)*
rebelar	*(sublevarse)*	revelar	*(explicar un secreto, término de fotografía)*
recabar	*(pedir, reclamar)*	recavar	*(volver a cavar)*
sabia	*(mujer inteligente)*	savia	*(jugo de las plantas)*
tubo	*(pieza hueca)*	tuvo	*(del verbo tener)*

EJERCICIOS

6.1.64. Rellene los espacios en blanco con **b** o **v,** según corresponda, de acuedo con las reglas que se han estudiado.

Tiene el ___ello del ___igote muy moreno.

¿___ienes con nosotros al parque?

Es un hombre muy ___asto.

Le duelen los pies por las ___otas.

Las ___acantes *es una tragedia de Eurípides.*

Es un niño muy ___ello.

Perdió todos sus ___ienes en la ruleta.

Tiene siete hijos ___arones y cuatro hembras.

El ___alido de las ovejas no me dejaba dormir.

El matrimonio ___alón acudió a la cita.

Posee una finca muy ___asta.

La caja está ___acía.

Ese empleo está ___acante ahora.

¡___ote por el salvador de la patria!, rezaba el lema.

¿___otas por ese candidato?

El ___arón y la ___aronesa asistieron al e___ento.

Algunos reyes de España han tenido ___alidos famosos.

Don Quijote creyó que la ___acía del barbero era un yelmo.

Hay que comprar un ___alón nue___o para el próximo partido.

Huyó en un ___ote por el río al oscurecer.

Estoy gra___ado con muchas deudas.

Los nati___os se re___elaron contra los in___asores.

Hier___a esa sopa ___einte minutos a fuego lento.

Es un gra___ado de gran valor.

Al final del drama, los ancianos re___elaron el secreto.

6.1.65. Rellene los espacios en blanco con **b** o **v**, según corresponda, de acuedo con las reglas que se han estudiado.

¿Has comprado la li___ra de mantequilla?

El sustanti___o es una parte de la oración.

No he___e___ido mucho ___ino

De___iste hacer lo que te sugerí ayer.

Creo a___solutamente inútil aconsejarle.

El cu___o es un cuerpo geométrico.

No salía de su asom___ro.

En in___ierno preferimos salir poco.

La sa___ia es el jugo de los ár___oles.

Por orden gu___ernativa se prohí___e cantar.

El ___iento hicha___a las ___elas del ___arco.

Cer___antes estu___o cauti___o en África.

La ___lusa esta___a limpia.

___ajé a la ta___erna y compré cuatro ___otellas.

El rá___ano es comestible.

Las mujeres sa___ias *es una comedia de Molière.*

Entonces í___amos a___i___ir en Mérida.

El ___enefactor le dio dinero al vaga___undo.

Reci___ió una herida muy le___e.

La jo___en que ser___ía en la ta___erna se fue.

El la___rador culti___a___a los campos.

No de___imos romper ese reloj que funcionaba tan___ien.

Am___os escla___os fueron o___jeto de un se___ero castigo.

La situación no es tan gran___e.

El imperati___o es uno de los modos verbales.

Lleva este o___sequio a nuestro médico.

No puedo conce___ir que eso te haya ocurrido.

El café no de___e her___ir.

Hay posi___ilidades de que nie___e muy fuerte.

Di___uja un ángulo o___tuso en la pizarra.

En los astilleros de Marsella aca___an de ___otar un ___uque.

Ca___e y reca___e hasta encontrar la estatua de la ___acante.

Ud. necesita un a___al para o___tener el crédito.

Tenía un ___acilo mortal en la sangre.

Era una ___asca muy hermosa.

Mi madre la___a siempre las sá___anas.

La so___er___ia es un pecado gra___e.

Han ro___ado un ru___í en Cu___a.

Le pusieron muchas o___jeciones a su in___entario.

Sa___ía de un suceso treme___undo.

La w (uve doble)

6.1.66. Lea cuidadosamente las siguientes palabras:

Wagner Weimar Westfalia Washington whisky

6.1.67. Como puede advertir, la letra **w** no pertenece a nuestro idioma. Por tanto, su uso está limitado a vocablos de procedencia extranjera. En las lenguas germánicas, como el alemán, la **w** responde a un fonema fricativo labio-dental que se asimila a la *v* francesa o italiana *(Wagner, Weimar, Westfalia).* Por ello, muchas palabras de origen extranjero que se han incorporado a nuestra lengua, han modificado la **w** en *v*, como en *vals, vagón, vatio.* En la lengua inglesa, la **w** es una **u** semiconsonante *(Washington, whisky).*

6.2. La G y la J

La g (ge)

6.2.1. Lea cuidadosamente los siguientes verbos:

coger	afligir	sumergir	*tejer*
acoger	mugir	elegir	*crujir*
proteger	rugir	aligerar	
escoger	regir	morigerar	
encoger	surgir	refrigerar	

Como puede observar, los verbos terminados en *ger, gir* e *igerar* se escriben con **g**, menos *tejer* y *crujir*.

EJERCICIO

6.2.2. Según esta regla, rellene los espacios en blanco.

Nos aco___ieron con mucha simpatía.

Fue esco___ido entre cien aspirantes.

La mujer prote___ía al prófugo.

Estamos muy afli___idos por la desgracia.

El león ru___ió a los expedicionarios.

Hay que prote___er a los débiles.

Este dormitorio está refri___erado.

Debemos ser mori___erados en el comer y el beber.

Las vacas mu___ieron en el prado.

Vamos a corre___ir la lección de ayer.

La madera del suelo cru___ió mucho.

La abuela le te___ió una bufanda.

Debemos ali___erar el peso de esta maleta.

Quien siembra vientos, reco___e tempestades.

Fin___ió ser amigo suyo, pero lo delató.

6.2.3. Lea cuidadosamente las siguientes palabras:

geometría	geografía	geodesia	geólogo	geofísica
geocéntrico	geopolítica	geórgica	geómetra	geología

Como puede observar, se escriben con **g** todas las palabras que comienzan por *geo*.

EJERCICIO

6.2.4. Según esta regla, rellene los espacios en blanco:

Está muy adelantado en ___eometría.

Obtuvo una calificación muy baja en ___eografía.

Se dedica a la ___eodesia.

Su primer marido era ___eólogo.

Se interesa por la ___eofísica.

Hay que buscar el punto ___eocéntrico.

La ___eopolítica se ha desarrollado mucho en las últimas décadas.

"Las ___eórgicas" fueron escritas por Virgilio.

Pertenece a una familia de ___eómetras.

Estudió ___eología en su juventud.

6.2.5. Lea cuidadosamente las siguientes palabras:

indígena	ingenio	indulgente	*injerto*
indigente	ingente	ingeniar	

ingeniero	ingenuo	ingénito
ingerir	inteligencia	ingenuidad
indigestión	insurgente	

Como puede observar, se escriben con **g** todas las palabras que comienzan por *in,* menos *injerto* y sus derivados.

EJERCICIO

6.2.6. Según la norma referida, rellene los espacios en blanco.

Es un escritor con mucho in___enio.

Tiene que hacerle varios in___ertos.

La in___enuidad es un don de las almas buenas.

Tienes indi___estión por comer tanto.

Es un esfuerzo in___ente intentar filmar esa novela.

Se han in___ertado sin dificultad en nuestra sociedad.

El nuevo in___eniero nos saludó con simpatía.

El juez fue muy indul___ente en este caso.

Los indí___enas recibieron cortésmente a los extranjeros.

In___irió una fuerte dosis de veneno.

Los insur___entes quemaron la iglesia del pueblo.

Estos in___ertos no han prosperado.

Los indi___entes buscaron dónde dormir.

Ese pescado es muy indi___esto.

Se las in___enió para salir adelante.

6.2.7. Lea cuidadosamente las siguientes palabras:

legendario legislador legislación legible legítimo

Como puede observar, se escriben con **g** todas las palabras que comienzan por *leg.*

EJERCICIO

6.2.8. Según esta regla, rellene los espacios en blanco.

Es hijo le___ítimo.

Ese manuscrito es ile___ible.

La le___islación no favorece a los obreros.

Era un héroe le___endario.

Durante esa le___islatura se aprobaron leyes trascendentales.

Resultó electo le___islador.

El asunto del le___ítimo sucesor al trono fue muy discutido.

Su firma es le___ible.

Gusta de historias le___endarias.

Es necesario le___islar ur___entemente.

El poder le___islativo apenas puede funcionar.

6.2.9. Lea cuidadosamente las siguientes palabras:

gesta gestación gesticular gestión gestionar

Como puede observar, todas las palabras que comienzan por *gest* se escriben con **g**.

EJERCICIO

6.2.10. Según esta regla, rellene los espacios en blanco.

Los cantares de ___esta pertenecen a la épica medieval.

El ___esticulador *es un drama del escritor mexicano Rodolfo Usigli.*

Haremos la ___estión para sacar los pasaportes.

Le están ___estionando su jubilación.

¡No hagas este ___esto!

6.2.11. Lea cuidadosamente las siguientes palabras:

genio	octogenario	urgente	origen	*comején*
general	homogéneo	exigente	margen	*jején*
gente	fotogénico	vigente	virgen	*berenjena*
gendarme	primogénito	regente	imagen	*Jenaro*
generoso	heterogéneo		aborigen	*Jenofonte*
				jengibre

Como puede observar, se escriben con **g** las palabras que lleven el grupo *gen* no precedido de *a* u *o* (*ajenjo, ajeno, enajenar, ojén*), menos las palabras que figuran en la última columna de 6.2.11.

EJERCICIO

6.2.12. De acuerdo con esta regla, rellene los espacios en blanco.

La ___entuza se echó a la calle.

___enofonte es el autor de Anábasis.

Era una mujer muy ___entil.

El ori___en del volcán Vesubio es muy remoto.

Has logrado una ima___en perfecta.

Ese escritor ya es octo___enario.

Ella siempre es muy foto___énica.

El a___ente de ventas ha sido muy bien esco___ido.

Tienen muchas picaduras de ___ejenes.

Su ___enealogía es muy ilustre.

Fue el primo___énito de la familia.

La ___enerosidad de aquel ___entilhombre les impresionó.

El bravo ___eneral derrotó a los insur___entes.

La Constitución dejó de tener vi___encia.

En la iglesia siempre hacemos ___enuflexiones.

Se cree que Colón fue ___enovés.

Dos líneas rectas pueden ser conver___entes y diver___entes a la vez.

El ___énero humano no siempre es bondadoso.

Vino mucha ___ente a presenciar el espectáculo.

El profesor de griego es muy exi___ente.

El ___enio alegre *es una obra de los hermanos Álvarez Quintero.*

El ___endarme atrapó al ladrón.

La Re___enta *es una novela de Clarín.*

El ___enitivo es el caso del complemento del nombre.

Trae ___engibre para esta noche.

Rezó a la Vir___en de la Macarena.

Prepara beren___ena rebozada.

Debe darnos un buen mar___en de ganancia.

Es ur___ente hacer la operación.

El come___én me destruyó este hermoso mueble.

6.2.13. Lea cuidadosamente las siguientes palabras:

sexagesimal marginal regional

Como puede observar, las palabras terminadas en *gesimal, ginal* y *gional* se escriben con **g.**

EJERCICIO

6.2.14. Escriba tres frases en que utilice las que aparecen en 6.2.13.

____

____

____

6.2.15. Lea cuidadosamente las siguientes palabras:

neologismo	*espejismo*
laringe	*salvajismo*
faringe	
ferruginoso	
correligionario	

Como puede observar, las palabras graves o llanas terminadas en *gismo, inge*, y *gionario* se escriben con **g,** menos *espejismo* y *salvajismo*, que son derivados de espejo y salvaje.

EJERCICIO

6.2.16. Escriba frases en que utilice las palabras de 6.2.15

____

____

____

____

____

6.2.17. Lea cuidadosamente las siguientes palabras:

biología	litigio	región	*bujía*
demagogia	prodigio	legión	*lejía*
magia	arpegio	religión	*herejía*
cefalalgia	regio	religioso	*apoplejía*
estrategia	frigio	contagioso	*canonjía*

Como puede observar, las palabras terminadas en *gia, gio, gía, gío, gión* y *gioso* se escriben con **g,** menos *bujía, lejía, herejía, apoplejía, canonjía* y otras de menor uso.

EJERCICIO

6.2.18. Según esta regla, rellene los espacios en blanco.

Las or___ías eran frecuentes entre los romanos de la decadencia.

Debemos evitar el conta___io del sarampión.

Tendrá pronto su examen de fisiolo___ía.

Ve a comprar le___ía.

Le concedieron una importante canon___ía.

El má___ico prodi___ioso *es de Calderón de la Barca.*

Debes encender la bu___ía.

Padezco una fuerte aler___ia al polen.

Se enriqueció con el a___io.

Tiene mucha nostal___ia de su tierra natal.

La re___ión fue destruida por la guerra.

Es un hombre muy reli___ioso.

Asistimos al mismo cole___io.

Publicaron un florile___io de poesías románticas.

6.2.19. Lea cuidadosamente las siguientes palabras.

evangélico	lógica	*paradójico*
apologético	fisiológico	
higiénico	gnoseológico	
flamígero	biológico	
vigésimo	demagógico	
panegírico		

Como puede observar, todas las palabras esdrújulas terminadas en *gélico, gésimo, gírico, giénico, ígero, ígera, ógica, ógico*, se escriben con **g**, excepto *paradójico* que se deriva de paradoja.

Ejercicio

6.2.20. Según esta regla, rellene los espacios en blanco.

Le llamaban el doctor An___élico.

Tomaron medidas hi___iénicas.

Es un político muy dema___ó___ico.

Su conducta es paradó___ica.

Es un marido evan___élico.

Tenía desarreglos fisioló___icos.

Su enfermedad era bioló___ica.

Su teoría gnoseoló___ica fue muy bien recibida.

Soñó con ángeles flami___eros.

La j (jota)

6.2.21. Lea cuidadosamente las siguientes palabras:

mujer Jimena Jenaro Jerónimo Jeremías

Como puede observar, se escriben con **j** aquellas voces que no tienen *g* en su etimología.

Ejercicio

6.2.22. Según esta regla, rellene los espacios en blanco.

La esposa del Cid se llamaba ___imena.

Las mu___eres acudieron al funeral.

San ___erónimo es un tema frecuente en la pintura.

Se lamenta como ___eremías.

Fuimos a ___erusalem.

Como puede observar, se escriben con **j** las personas de los verbos terminados en *jar*.

6.2.23. Le cuidadosamente las siguientes formas verbales:

trabajé	trabaje	trabajemos	trabajen	dejé	deje	dejémonos
dejéis	dejen	bajé	baje	bajemos	bajéis	bajen

EJERCICIO

6.2.24. Según las reglas ya estudiadas, rellene los espacios en blanco.

No te alo___es en ese hotel.

No de___es que arro___en trastos a la calle.

Le ata___é en la bajada.

No ce___es en tu empeño. Triunfarás.

Corre___í todos los exámenes en un día.

No enca___é en ese grupo.

No fa___es a la niña tan pronto.

Se diri___ió a la máxima autoridad.

Quiero que te fi___es una meta muy alta.

¡Ay Jalisco, no te ra___es!

6.2.25. Lea cuidadosamente las siguientes formas verbales:

abstrajo	dije	dijimos
dijiste	dijisteis	dijeron
dijeras	dijeres	dijeran
dijesen	dijere	traje
trajimos	trajiste	trajisteis
trajeron	trajeras	trajeses
trajeran	trajere	conduje
condujimos	condujiste	condujisteis

condujeron	condujeras	condujeses
condujeran	condujesen	condujere

Como puede observar, se escriben con **j** las formas irregulares que llevan el fonema /j/, de verbos que en su infinitivo no tienen ni *g* ni *j*, como *abstraer, decir, traer, conducir,* y sus compuestos.

EJERCICIO

6.2.26. Según esta regla, rellene los espacios en blanco.

Me eno___é mucho con ella.

¿Tradu___iste ya todo el libro?

Me alo___é en un modesto hotel.

La sedu___e con mis artes.

Contra___imos matrimonio en el verano.

Fue ele___ida reina de la belleza.

Hoy no recuerdas lo que me di___iste ayer.

Fuimos a la playa y nos distra___imos mucho.

El buzo extra___o el cuerpo del bañista.

El fraile bendi___o la nueva iglesia.

Es lástima que el prote___ido de la Marquesa condu___era tan mal la asamblea.

Penélope te___ía y deste___ia cada noche su tela.

No arro___emos basura a la calle.

De___emos este asunto así.

Traba___é toda la noche sin parar.

6.2.27. Lea cuidadosamente las siguientes palabras:

ajedrez	ajeno	*agencia*
ajenjo	ajetreo	*agenda*

eje	ejemplo	*agente*
ejecución	ejercicio	
ejemplar	ejército	

Como puede observar, se escriben con **j** las palabras que comienzan por *aje* y *eje*, excepto *agencia, agenda, agente* y sus compuestos y derivados.

EJERCICIO

6.2.28. Según esta regle, rellene los espacios en blanco.

Han estado a___enos a ese asunto.

Tu conducta debe ser e___emplar.

Con este a___etreo en la a___encia es imposible entenderse.

El e___ército desfiló frente a muchos a___entes de la autoridad.

Escribió en una a___enda de e___ecutivo todas sus citas.

Los e___es de mi carreta *es una canción argentina muy popular.*

La e___ecución de este intérprete es magnífica.

Hay que e___ercer honestamente la medicina.

La a___encia de publicidad tiene una nueva secretaria.

Este e___ercicio es muy sencillo.

Déjame un e___emplar del último número de esa revista.

Esa jugada de a___edrez estuvo estupenda.

El refresco de a___enjo es muy sano.

El reo será e___ecutado al amanecer.

Es un terrible e___emplo de degradación moral.

6.2.29. Lea cuidadosamente las siguientes palabras:

canjear	cojear	callejear	flojear	forcejear
granjear	lisonjear	hojear	ojear	pintarrajear

Como puede observar, se escriben con **j** todos los verbos que acaban en *jear*, así como sus derivados.

EJERCICIO

6.2.30. Según esta regla, rellene los espacios en blanco.

El mucho calle___ear es perjudicial para el trabajo.

Has flo___eado en los estudios estos últimos meses.

Está acostumbrado a zanca___ear.

Sé de qué pie co___ea.

Tenemos que can___ear esos vales.

Se gran___eó la enemistad de todos.

No lo lison___ee, pues se avergüenza.

¿Quieres ho___ear el nuevo libro?

Echa una o___eada por allí.

Es una comedia muy burbu___eante.

6.2.31. Lea cuidadosamente las siguientes palabras:

pasajero	vinajera	*ligero*
extranjero	encajera	*flamígero*
mensajero	brujería	*belígero*
granjero	navajería	
cajero	cerrajería	

Como puede observar, todas las palabras terminadas en *jero, jera* y *jería* se escriben con **j** menos *ligero, flamígero, belígero.*

EJERCICIO

6.2.32. De acuerdo con la referida norma, rellene los espacios en blanco.

El tren iba lleno de pasa___eros.

Las revistas extran___eras están muy ilustradas.

Vengo con frecuencia a esta relo___ería.

El honrado ca___ero ha sido felicitado.

Tiene un li___ero dolor de cabeza.

El gran___ero ha logrado una buena cosecha.

El mensa___ero llegó sin problemas a su destino.

Perdió su collar en aquel agu___ero.

Limpia bien la vina___era de cristal.

Necesitamos un cerra___ero con urgencia.

La enca___era hizo un hermoso tapiz.

La gran___era esperaba con ansias a su marido.

Acaban de inaugurar una nava___ería en la plaza.

Nuestra ca___era fue asaltada ayer.

6.2.33. Lea cuidadosamente las palabras siguientes:

traje	personaje	menaje	*protege*
linaje	viaje	hereje	
coraje	embalaje	teje	
garaje	masaje	maneje	
mensaje	oleaje	fleje	

Como puede observar, todas las palabras terminadas en *aje* y *eje* se escriben con **j**, menos *protege*.

EJERCICIOS

6.2.34. Según esta regla rellene los espacios en blanco.

Hay que descifrar ese mensa___e.

El embala___e de esos muebles es muy costoso.

Hicimos un via__e muy accidentado.

Dios prote___e el lina___e de los inocentes.

Los here___es eran encarcelados y quemados vivos.

Necesita masa___es en el cuello.

El olea___e hizo naufragar la barca.

Guardo el automóvil en el gara___e todos los días.

Madre Cora___e y sus hijos *es una obra de Bertolt Brecht.*

Es un gran persona___e de la política iberoamericana.

Aquí venden mena___e de cocina.

Ese tonel antiguo tiene fle___es.

El enca___e de este tapiz es perfecto.

La dama amaba a aquel pa___e.

El paisa___e que se divisa es muy seco.

Le gusta el pota___e de garbanzos.

6.2.35. Lea cuidadosamente las siguientes palabras:

carcaj boj troj reloj Abajuj

Como puede observar, se escriben con **j** las palabras que terminan en los sonidos fuertes *aj, oj, uj.*

Ejercicio

6.2.36. Escriba una oración con cada una de las palabras de 6.2.35.

6.2.37. Lea cuidadosamente las siguientes palabras:

cajista	herejía	ojinegro	enrojecer	vejez	ajillo
bajiza	bajío	cejijunto	cojito	gajito	hijito

Como puede observar, todas las palabras derivadas de otras que se escriben con **j** mantienen esta letra.

EJERCICIO

6.2.38. De acuerdo con esta regla rellene los espacios en blanco.

Ponle una ho___ita de laurel a esa comida.

Vive le___ísimos de aquí.

Regálame una ca___etilla de cigarrillos rubios.

Con un ga___ito de limón, la copa estará mejor.

Enro___eció de vergüenza ante su padre.

Fue acusado de here___ía.

Esto que has hecho es una ba___eza.

El ca___ista de la imprenta enfermó.

Comeremos champiñones al a___illo.

Eres o___inegro y ce___ijunto.

6.2.39. Existen palabras con significados diferentes, según estén escritas con **g** o **j**. Las más frecuentes de este grupo son:

agito	*(verbo agitar)*	ajito	*(ajo pequeño)*
gira	*(verbo girar)*	jira	*(excursión, merienda campestre)*

Girón	*(nombre propio o apellido)*	jirón	*(trozo desgarrado de ropa)*
gragea	*(pastilla)*	grajea	*(verbo grajear)*
vegete	*(verbo vegetar)*	vejete	*(diminutivo de viejo)*

EJERCICIOS

6.2.40. Rellene los espacios en blanco:

Quítame ese a___ito del plato.

La compañía realizó con éxito una ___ira por América.

El vestido quedo hecho ___irones.

Me a___ito mucho subiendo las escaleras.

Tiene que tomar dos gra___eas diarias.

Este ve___ete no se da cuenta de sus años.

Tropas de cubanos desembarcaron en Playa ___irón.

En este mundo que tanto ___ira debemos tener calma.

Quiero que no ve___ete y empiece a vivir de veras.

Julio ___irón vino a visitarnos.

6.2.41. Escriba *g* o *j* en los espacios en blanco, según las reglas conocidas:

¿Te pondrás tu tra___e de enca___e?

Esta historia que me cuentas es muy ori___inal.

El ___enitivo es el caso del complemento del nombre.

Debe ir en seguida al salón de ciru___ía.

¿Irás ataviada con un tra___e re___ional?

El e___e de la rueda está muy fino.

Tiene un comportamiento e___emplar.

Acostumbraba a leer el ___énesis.

Hizo una apolo___ía del recomendado.

El ___endarme se diri___ió a la relo___ería.

El pa___e estaba en el salón re___io.

Su familia era ___ente acomodada.

Es hi___iénico lavarse todas las mañanas.

Le di___e lo que la echamos de menos en la a___encia.

Nos gusta este a___etreo continuo.

Trae ___engibre para esta noche.

Fuimos a ver un espectáculo de ma___ia.

Quiero e___ercitarme en esa labor.

Anduvo calle___eando toda la noche.

Estuvimos bailando música li___era.

Ella le prote___e de sus inclinaciones al alcohol.

¿Compraste el forra___e para las vacas?

Se pintarra___ea como un muñeco de feria.

Estas galletas cru___en deliciosamente.

Fue víctima de un atroz ultra___e.

El via___e *fue el último film de Vittorio de Sica.*

Ele___ía el mejor camino para llegar al hospeda___e.

Me está te___iendo una corbata.

Reco___ió su ropa y le dejó afli___ido.

6.3. La H

La **h (hache)** refleja ortográficamente un fonema que se perdió en el español posterior al Renacimiento. Actualmente es una grafía que no representa ningún sonido.

6.3.1. Lea cuidadosamente las siguientes formas verbales:

he	has
ha	hemos
habéis	han
habrá	hubimos
habré	haya
hubiera	hubiese
hubiere	habría
habría habido	había habido
haya habido	

Como puede observar, se emplea la **h** en todos los tiempos del verbos *haber*.

EJERCICIO

6.3.2. De acuerdo con esta regla, rellene los espacios en blanco.

En aquellos años ___abía ___abido muchas revueltas.

___e estado trabajando todo el domingo.

¿___ubieras querido un automóvil más lujoso?

___emos de tener paciencia.

Para entonces ___abré pagado todas mis deudas.

6.3.3. Lea cuidadosamente las siguientes formas verbales:

hago	habla	hallo	habitamos
hice	hablaste	hallé	habitaste
hacía	hablaba	hallaban	habitabas
haré	hablaremos	hallaréis	habitaran
hecho	hablado	hallado	habitado
haga	hables	halla	habiten
hiciera	hablabais	hallareis	habitaras
hiciese	hablaréis	hallaseis	habitaseis
haz	hablad	hallad	habitad
hay	hablante	hallemos	habito

Como puede observar, se escriben con **h** todas las formas de los verbos *hace, hablar, hallar* y *habitar.*

EJERCICIO

6.3.4. Según esta regla, escriba correctamente las formas verbales de las siguientes frases.

En clase no se debe ___ablar.

Ayer ___ubo una gran fiesta.

Ya ___as ___echo las tareas de mañana.

En esta finca ___a___itan muchas familias amigas.

Vamos a ___acer una buena acción.

Dile que no ___able demasiado.

___abéis ___allado una solución a este difícil problema.

Si ___abla claro le podré escuchar.

Los ___abitantes de esta región son muy acogedores.

___izo todo cuanto pudo para salvarlo.

___emos ___ablado mucho con nuestros padres sobre este problema.

No ___allamos ningún rastro suyo.

___aremos muchas cosas el domingo.

___agamos cuenta de que nos acabamos de conocer.

___allé el lápiz que creí perder ___ace unos meses.

6.3.5. Lea cuidadosamente las siguientes palabras:

hidrografía	hidráulico	hidrología	hidrofobia	hidratar
hipérbaton	hipérbole	hipertrofia	hipertenso	hiperestesia
hipócrita	hipodérmico	hipódromo	hipopótamo	hipótesis

Como puede observar, las palabras que comienzan por las raíces griegas *idr, iper, ipo*, se escriben siempre con **h**.

EJERCICIO

6.3.6. De acuerdo con la norma referida, rellene los espacios en blanco.

Acaban de inaugurar una central ___idroeléctrica.

___ipócrates fue un famoso médico griego.

El ___ipérbaton es un recurso muy usado en la lengua y la poesía latinas.

La ___ipotenusa de este triángulo es muy larga.

Me gustaría viajar en un antiguo ___idroavión.

El ___idrógeno es un cuerpo muy ligero.

Nuestro jefe es ___ipertenso.

Esto me parece una ___ipótesis muy atendible.

Terminó el plano ___idrográfico de la región.

Padecí de ___iperestesia.

El ___ipogrifo es un animal mitológico.

La ___idropesía es una enfermedad peligrosa.

Es muy aficionado a la ___ipérbole.

Le poníamos a menudo inyecciones ___ipodérmicas.

Algunos médicos practican la ___idroterapia.

6.3.7. Lea cuidadosamente las siguientes palabras:

hectárea	hectolitro	hectómetro	heptaedro	heptagonal
heterogéneo	heterodoxo	hexaedro	hexámetro	hemisferio
hemiplejía	heliógrafo	heliotropo	homófono	homogéneo

Como puede observar, se escriben con **h** las palabras que comienzan con las raíces griegas *hecto* (ciento), *hepta* (siete), *hetero* (otro, distinto), *hexa* (seis), *hemi* (mitad), *helio* (sol), *homo* (igual).

EJERCICIO

6.3.8. Según las reglas ya conocidas, corrija los errores que aparezcan en las frases siguientes.

El abuelo murió de emiplejía.

____

Garcilaso de la Vega cultivó el verso heptasílabo.

____

El emisferio occidental comprende muchos países.

____

Está trabajando en el eliógrafo.

____

Es un curso muy eterogéneo.

____

Vendió todas sus ectáreas.

____

Las palabras omónimas son frecuentes en español.

Menéndez Pelayo escribió sobre los eterodoxos españoles.

El eliotropo es una flor muy hermosa.

La poesía latina usó el exámetro.

6.3.9. Lea cuidadosamente las siguientes palabras:

huelga	huella	huerta	hueso	hueco
huérfano	huevo	aldehuela	parihuela	cacahuete
hielo	hueles	huele	huelen	huela

Como puede observar, se escribe **h** delante de todas la palabras y sílabas que comiencen por el diptongo *ue*. Esta regla se aplica a las formas verbales de *oler* que diptongan en algunas personas.

EJERCICIO

6.3.10. Según las reglas conocidas, corrija las palabras mal escritas en las siguientes oraciones:

El herido fue conducido en pariuelas hasta el hospital.

La aldeuela no quedaba lejos del río.

Las uestes del conquistador asolaron el país.

Los chicos icieron un ueco en la tierra.

Los monos comieron muchos cacauetes.

___

¿No ueles las flores del jardín?

___

Me gustan mucho los uevos pasado por agua.

___

El uérfano se fue a la uelga con los otros mineros.

___

El ueso de jamón da sabor al caldo.

___

6.3.11. Lea cuidadosamente las siguientes palabras:

huir	huida	hialino	hiato	hierba
hielo	hiena	hiedra	hierro	hierático

Como puede observar, se escriben con **h** todas las palabras que comienzan por los diptongos *ue, ui, ia, ie*.

EJERCICIO

6.3.12. Según las reglas estudiadas, reescriba correctamente las oraciones que siguen.

Es una estatua ierática.

___

¡No hables con tanta iel!

___

El ipocampo se llama también caballito de mar.

___

La ipocresía es un defecto muy peligroso.

___

El ierro es un metal estimado.

____

La iena es un animal muy repugnante.

____

Las bebidas con ierbabuena son deliciosas.

____

6.3.13. Lea cuidadosamente las siguientes palabras:

hacer	hablar	honra	hueso
rehacer	habladuría	deshonra	*osamenta*
hueco	huérfano	huevo	ósea
oquedad	*orfandad*	*ovíparo*	*osificar*
	orfanato	*óvulo*	*osario*
		óvalo	
		ovario	
		ovoide	
		ovalado	

Como puede observar, las voces compuestas y derivadas de palabras que empiezan por **h** conservan la **h,** menos *oquedad, orfandad, óvalo, ovoide, ovalado, óvulo, ovíparo, ovario, osamenta, óseo, osario* y *osificar*, porque en los vocablos primitivos, *hueco, huérfano, huevo* y *hueso*, la **h** no es originaria, sino que se ha añadido por comenzar todos ellos con el diptongo *ue*.

EJERCICIO

6.3.14. Escriba cinco oraciones con palabras derivadas de los términos citados que tengan hache, y otras cinco oraciones con palabras derivadas que no lleven hache.

____

____

____

6.3.15. Lea cuidadosamente las siguientes palabras:

humano	humildad	*umbral*
humareda	humo	*umbrío*
humear	humorada	
humedad	humor	
humillación	humus	

Como puede observar, todas las palabras que comienzan por *um + vocal* llevan **h**, menos *umbral* y *umbrío*.

Ejercicio

6.3.16. Según las reglas conocidas, reescriba correctamente las oraciones que siguen.

Umanidad es el conjunto de seres umanos que abitan la tierra.

El umo no deja uellas.

La umedad hizo daño a los uevos.

Aquellas ierbas produjeron una gran umareda al arder.

____

El úmero es un ueso del cuerpo.

____

La obra literaria de Bocaccio se halla en los umbrales del Renacimiento.

____

Los umoristas son casi siempre tristes.

____

La umildad es una de las grandes virtudes cristianas.

____

Acostumbraba a pasear por bosques umbríos.

____

Mi habitación es muy úmeda.

____

La ierática señora umillaba a los servidores.

____

El umbral de la puerta era espacioso.

____

Se citaron en aquel paraje muy humbrío.

____

La hierba estaba todavía muy úmeda.

____

El umo de la fábrica dañaba los pulmones.

____

6.3.17. Lea cuidadosamente las siguientes expresiones:

¡ah! ¡eh! ¡oh! ¿eh?

Como puede observar, cuando las vocales son interjecciones o interrogaciones, se escriben con **h** a continuación.

EJERCICIO

6.3.18. Según esta regla, corrija los errores de las oraciones siguientes.

¡A!, ¡qué susto me diste!

____

¡O!, ¡qué tragedia tan tremenda!

____

¡E!, ¡no te vayas sin verme!

____

¿E?, ¿qué me quieres decir?

____

¡A!, ¡sabía que vendrías!

____

6.3.19. Lea las siguientes interjecciones:

¡hala!	¡ay!
¡bah!	¡ea!
¡hola!	¡aúpa!
¡huy!	¡ojalá!
¡hum!	¡olé!

Como puede observar, además de las interjecciones e interrogaciones compuestas de *vocal + h*, hay otras interjecciones que se escriben con **h.** Las principales son las de la izquierda del número 6.3.19.

EJERCICIO

6.3.20. Construya oraciones en que utilice las interjecciones que aparecen en una u otra columna.

____

____

____

____

____

____

____

____

6.3.21. Lea cuidadosamente las siguientes palabras:

hermano	hermosura	*ermita*
hermandad	hermosear	*Ernesto*
Hermes	hernia	
hermético	herniado	
hermoso	herniar	

Como puede observar, las palabras que comienzan por *erm, ern* se escriben con **h**, menos *ermita, Ernesto*, y sus derivados.

EJERCICIO

6.3.22. Según las reglas conocidas, corrija las oraciones siguientes:

El ermitaño se llamaba Hermenegildo.

____

Hernesto a llegado con sus habuelos en el avión.

____

Belleza y ermosura son palabras sinónimas.

___

La ermana del hermitaño se llama Hernestina.

___

El Ermes de Praxíteles es una obra maestra de la escultura.

___

La casa está erméticamente cerrada.

___

Mi tía fue operada de ernia la semana pasada.

___

La Santa Ermandad se fundó en tiempos de los Reyes Católicos.

___

Su ermana es muy ermosa.

___

Ernesto hermoseó la ermita.

___

6.3.23. Lea cuidadosamente las palabras siguientes:

hebra	historia	*Ebro*
hebreo	historiador	*istmo*
hebraísmo	histrión	
histeria	histriónico	
histología	historial	

Como puede observar, se escriben con **h** las palabras que comienzan por *ebr, ist* , menos *Ebro* e *istmo*.

Ejercicios

6.3.24. Según las reglas conocidas, reescriba correctamente las oraciones que siguen.

Orson Welles es un gran istrión.

____

El río Ebro pasa por Zaragoza.

____

La istoria de ese rey es muy interesante.

____

A Tennessee Williams le gusta describir mujeres istéricas.

____

La istología es un disciplina de los estudios médicos.

____

Los istoriadores no están de acuerdo en las causas de la independencia.

____

Visité el histmo de Tehuantepec.

____

La histeria es una enfermedad femenina.

____

Los ebreos desempeñaron un papel decisivo en el mundo cristiano.

____

Ese paciente tiene un istorial complicado.

____

6.3.25. Lea cuidadosamente las siguientes palabras:

holganza   hormiga   horror   *Olga*

holgazán	horma	hórreo	*ornamentar*
holgura	hornacina	hospedaje	*ornar*
honra	hornillo	hospital	*ornitología*
honradez	hornada	hospicio	

Como puede observar, las palabras que comienzan por *olg, onr, orm, orr, osp* se escriben con **h**, excepto *Olga* (nombre eslavo), *ornamentar, ornar, ornitología* y sus derivados.

EJERCICIO

6.3.26. Según las reglas conocidas, corrija los errores que aparecen en estas frases.

La onra de los hombres *es un drama de Benavente.*

Olga me invitó a su aldehuela.

La ornitología es el estudio de las aves.

Uno siempre alla la orma de su zapato.

Coloca la imagen en la ornacina.

En Galicia el hórreo es el granero típico.

Los ospicianos salieron a pasear esta tarde.

Ellos desean vivir con mayor olgura.

La moribunda fue ospitalizada muy tarde.

____

Es muy olgazán este estudiante.

____

6.3.27. Lea cuidadosamente las siguientes palabras:

zaherir	*Moisés*
zahorí	*moaré*
zahúrda	*zaino*
almohada	
mohíno	

Como puede observar, después de las sílabas *za* y *mo* se escribe **h** siempre que a estas sílabas siga una vocal. No siguen esta regla los términos *Moisés, moaré, zaino.*

EJERCICIO

6.3.28. Escriba un oración con cada una de las palabras de 6.3.27 que siguen la última norma referida.

____

____

____

____

____

6.3.29. Hay un gran número de palabras que tienen doble significado, según se escriban con **h** o sin ella. Las más frecuentes entre ellas son:

a	*(preposición)*	¡ah!	*(interjección)*
ablando	*(verbo ablandar)*	hablando	*(verbo hablar)*

abre	*(verbo abrir)*	habré	*(verbo haber)*
acedera	*(planta comestible)*	hacedera	*(fácil de hacer)*
ala	*(para volar)*	¡hala!	*(interjección)*
alambra	*(verbo alambrar)*	Alhambra	*(palacio de Granada)*
allá	*(lugar)*	halla	*(verbo hallar)*
anega	*(inunda)*	hanega	*(o fanega, medida)*
aprender	*(estudiar)*	aprehender	*(capturar)*
Arán	*(valle pirenaico)*	harán	*(verbo hacer)*
aremos	*(verbo arar)*	haremos	*(verbo hacer)*
aren	*(verbo arar)*	harén	*(estancia de las mujeres del sultán)*
aria	*(raza y composición musical)*	haría	*(verbo hacer)*
aro	*(anillo, sortija)*	Haro	*(pueblo de Logroño)*
as	*(campeón y palo de la baraja)*	has	*(verbo haber)*
ase	*(verbo asar y verbo asir)*	hase	*(verbo haber)*
asta	*(cuerno)*	hasta	*(preposición)*
atajo	*(camino más corto)*	hatajo	*(hatillo, grupo)*
ato	*(verbo atar)*	hato	*(punta de ganado)*
aya	*(cuidadora de niños, criada)*	haya	*(verbo haber y árbol)*
desecho	*(desperdicio)*	deshecho	*(verbo deshacer)*
desojar	*(romper el ojo)*	deshojar	*(arrancar la hoja)*
e	*(letra)*	¡eh!	*(interjección)*
		he	*(verbo haber)*
echa	*(verbo echar)*	hecha	*(verbo hacer)*
echo	*(verbo echar)*	hecho	*(verbo hacer y caso o suceso)*

errar	*(equivocarse)*	herrar	*(poner herraduras)*
ice	*(verbo izar)*	hice	*(verbo hacer)*
izo	*(verbo izar)*	hizo	*(verbo hacer)*
oí	*(verbo oír)*	hoy	*(día presente)*
ojear	*(mirar, ir de caza)*	hojear	*(pasar las hojas)*
onda	*(movimiento)*	honda	*(arma, profunda)*
ola	*(movimiento del mar)*	¡hola!	*(interjección)*
ora	*(verbo orar y conjunción)*	hora	*(porción de tiempo)*
uso	*(verbo usar y costumbre)*	huso	*(utensilio para hilar)*
yerro	*(equivocación y verbo errar)*	hierro	*(metal)*

EJERCICIO

6.3.30. Reescriba las oraciones siguientes, aplicando las normas de uso de la hache que se han estudiado.

Vino asta mi casa andando.

____

Nunca e comprendido por qué actuó así.

____

No as cumplido tu promesa.

____

La hola lo arrastró hacia la playa.

____

Las piedras forman ondas en el agua.

____

No puede cargar el haz de leña.

Tengo una honda preocupación.

No sigas por ese camino errado.

Las halas del avión son enormes.

De una ojeada supo cuántos invitados abían venido.

Ganó mucho dinero con un as.

¡Ola!, ¿cómo te encuentras?

El hasta de la bandera fue arrancada por el ciclón.

El errero continuamente erraba los caballos.

¡Hola!, me dijo y salió andando con mucha gracia.

Toda la tarde as estado ojeando la revista.

Ato bien los cordones de mis zapatos.

Se dirigía hacia Perú cuando supo la noticia.

Ella abría todas las mañanas la ventana de su dormitorio.

La situación en Asia es muy compleja.

Hubiera sido necesario tener muchos hombres para esa expedición.

Echa más aceite a la comida.

Cada mañana izo la bandera de la escuela.

Allá puede ganar bastante dinero.

El uso de la calefacción es muy cómodo.

Va echa una facha con ese traje.

Hizo mucho frío anoche.

Ojalá aya estudiado bien esa pregunta.

Fuimos a un ato próximo al pueblo.

6.3.31. Hay un gran número de palabras que se escriben con **h** intermedia o intercalada. Entre ellas las más frecuentes son:

Abraham	cacahuete
adherir	coherente
ahí	cohesión
ahínco	cohete
ahíto	cohibir
ahogar	dehesa
ahora	desahuciar
ahorcar	enhebrar
ahuyentar	enhorabuena
alcohol	exhalar
alhaja	exhausto
alhelí *o* alelí	exhibir
almohada	exhortar
anhelar	exhumar
anhídrido	fehaciente
anhidro	inhábil
azahar	inhalar
bahía	inherente
bohemio	inhibir
bohío	inhumar
buhardilla	Jehová
búho	mahometano
buhonero	mohoso

nihilismo	truhán
prohibir	vahído
prohijar	vaho
rehén	vehemencia
retahíla	vehículo
sahumerio	vihuela
tahona	zahúrda
transhumante	zanahoria

EJERCICIO

6.3.32. Escriba quince oraciones en que utilice palabras del número 6.3.31.

6.3.33. Reescriba las oraciones siguientes, aplicando las reglas estudiadas.

Quien trabaja tiene alhaja

____

No les gusta dormir sin almohada.

____

Esperamos aorrar mucho para las vacaciones.

____

Ese hombre es un truán.

____

Gertrudis Gómez de Avellaneda era una mujer muy vehemente.

____

La hermita de San Antonio de la Florida está en Madrid.

____

Se aogaron cuatro hombres en el río.

____

No desojes más esas margaritas.

____

La casa está desabitada.

____

Por aí andan mucho rumores

____

El médico desanimó al enfermo.

____

Emos echo todo lo que emos podido.

____

Hallaron las huellas en la buhardilla.

Yago, en Otelo *de Shakespeare, es vengativo e ipócrita.*

No te coibas de lo que desees.

La Boemia *es una ópera de Puccini.*

La pohesía esta llena de ipérbaton.

La uelga fue muy provechosa para los obreros.

Prohijó a su sobrino y le hizo médico.

Esta comida uele muy bien.

Los mahometanos acuden a la Meca.

Murió de idrofobia.

Esa aldeula perdida en el valle es muy pintoresca.

Va a menudo al ipódromo.

Dará un largo viaje por el hemisferio oriental.

Padeció la orfandad y vino a caer en un hospicio.

Vámonos a descansar al boío.

Compró muebles de ierro.

Como era pobre le umillaban a menudo.

¡Ay!, que susto pasé con esa sombra.

Este grupo es demasiado eterogéneo.

Se detuvo en el humbral de la casa.

Padece de vaídos.

Cada día se pone más hermosa.

Cultiva los exámetros al estilo clásico.

¡A cundido la isteria colectiva en el país!

Espero ir al istmo en breve.

La hierba crece mucho en el verano.

El tema de la onra es muy importante en el teatro español.

Las hormigas disfrutaron del pastel.

6.4. La I, la Y y la LL

La **i** responde al fonema vocálico /i/, mientras que la **y** refleja el fonema semiconsonántico /y/ y la **ll** el fonema consonántico /ll/. En algunas zonas de habla española, se confunden los sonidos de estos don últimos fonemas, lo que da lugar al *yeísmo*, que consiste en pronunciar el fonema /ll/ como /y/.

La i latina

6.4.1. Lea cuidadosamente las siguientes palabras:

iba	isla	imagen	invierno	idioma
ilusión	ira	ilustre	iglesia	icono

Como puede observar, se escribe **i** cuando a principio de palabra, este fonema va seguido de consonante.

EJERCICIO

6.4.2. Según esta primera regla, rellene los espacios en blanco.

Los ___talianos invadieron Abisinia.

No seas ___rreflexivo.

El herido quedó ___nválido.

Esta guerra es ___nfernal.

Estaba tan ___racundo que no le vio llegar.

6.4.3. Lea cuidadosamente las siguientes palabras:

aquí	colibrí	viví	hurí	zahorí
leí	oí	manatí	benjuí	poseí

Como puede observar, al final de palabra se escribe **i**, si ésta va acentuada.

EJERCICIO

6.4.4. Según esta regla, rellene los espacios en blanco.

Debe vivir all___.

Tiene un lindo colibr___ en su casa.

Sueña siempre con una hur___.

Me re___ mucho con sus chistes.

El manat___ es un animal muy interesante.

Le ___aqu___ su defensa ante los tribunales.

Es muy aficionada a visitar zahor___es.

Hago inhalaciones con benju___.

O___ varias canciones viejas en un recital.

La y griega

6.4.5. Lea cuidadosamente las siguientes formas verbales:

caer	*erguir*	*errar*	*haber*	*ir*	*oír*
cayó	yergo	yerro	haya	vaya	oyó
cayendo	yerguen	yerran	hayamos	vayamos	oyendo

poseer	*recluir*	*huir*	*concluir*
poseyó	recluyó	huyó	concluyó
poseyendo	recluyendo	huyendo	concluyendo

Como puede observar, se escriben con **y** los tiempos de los verbos que tienen ese sonido, pero cuyo infinitivo no lleva ni *ll* ni *y*.

EJERCICIO

6.4.6. Según esta regla, rellene los espacios en blanco.

La paloma ca___ó en l trampa.

La torre de Pisa está ca___endo muy despacio.

Estás conclu___endo tu trabajo.

Quizás ha___a mucho público en la asamblea.

El asesino hu___ó cuando se vio acorralado por la policía.

¿Estás o___endo caer la lluvia?.

Esta sinfonía la conclu___ó el autor poco antes de morir.

Pose___ó muchas tierras, pero las perdió en su vejez.

Chopin y George Sand se reclu___eron en la Cartuja de Valdemosa.

6.4.7. Lea cuidadosamente las siguientes palabras:

yate	raya	yeso	ayer	rayita
yodo	mayo	yunque	cónyuge	yugo
bayoneta	rayo	bayo	pléyade	hoyo

Como puede observar, se escribe **y** cuando este fonema tiene valor consonántico, es decir, que va a principio de palabra, seguido de vocal o bien entre dos vocales.

EJERCICIO

6.4.8. Según esta regla, rellene los espacios en blanco.

Hicimos un ho___o en la arena.

Limpió su ba___oneta antes de la batalla.

En ma___o el campo se pone hermoso.

Necesita ___odo para su salud.

Hicieron un crucero en su ___ate.

Los cón___uges decidieron separarse.

A___er vinieron a cenar con nosotros.

Trabaja muy bien el ___eso.

Los pueblos oprimidos deben sacudir el ___ugo.

La generación del 27 dio una plé___ade de poetas.

6.4.9. Lea cuidadosamente las siguientes palabras:

hiedra	hierba
yedra	yerba

Como puede observar, en los casos de estas dos palabras, la Real Academia admite estas dos formas: *hiedra, yedra; hierba, yerba,* aunque son más frecuentes las que aparecen en primer lugar.

EJERCICIO

6.4.10. Escriba dos oraciones en que utilice las palabras de 6.4.9, según la forma que usted prefiera.

____

____

6.4.11. Lea cuidadosamente las siguientes palabras:

yermo yerno yerto

Como puede observar, se escriben con **y** las voces que comienzan con *yer*.

EJERCICIO

6.4.12. Según esta regla rellene los espacios en blanco:

___erma *es una tragedia de Federico García Lorca.*

Llegó hace poco su ___erno de Francia.

Trabajaron mucho en este terreno ___ermo.

6.4.13. Lea cuidadosamente las siguientes palabras:

proyecto inyección trayecto abyecto inyectar

Como puede observar, la sílaba *yec* se escribe con **y**.

EJERCICIO

6.4.14. Según esta regla, rellene los espacios en blanco.

El pro___ector está descompuesto.

Tiene que in___ectarse tres veces por semana.

El tra___ecto se hizo en menos tiempo.

El pro___ecto se pudo poner en marcha.

Estas in___ecciones duelen mucho.

6.4.15. Lea cuidadosamente las siguientes palabras:

adyacente	disyuntiva	disyuncir	subyugar

Como puede observar, se escribe **y** después de los prefijos *ad, dis* y *sub.*

EJERCICIO

6.4.16. Según esta regla, rellene los espacios en blanco.

Visitamos los ca___os ad___acentes al norte de la provincia.

César sub___ugó a los galos.

Necesitamos un dis___untor para evitar problemas.

Tienes esta dis___untiva frente a ti.

Los partidos totalitarios aspiran a sub___ugar a los pueblos.

6.4.17. Lea cuidadosamente las siguientes palabras:

muy	voy	convoy	*benjuí*
rey	soy	carey	*caí*
hoy	estoy	virrey	*leí*
hay	ley	doy	*poseí*
buey	fray	Uruguay	*releí*

Como puede observar, se escribe **y** al final de las palabras cuando éstas no son agudas terminadas en esa vocal. Si la vocal va acentuada, se escribe **i.**

EJERCICIO

6.4.18. Según esta regla, rellene los espacios en blanco.

Llegó el convo___ con provisiones para ayudar a los damnificados.

La gre___ de los judíos esperaba al Mesías.

Estamos mu___ contentos con esta buena noticia.

Le___ tu artículo y me resultó muy interesante.

El bue___ muge.

Necesitamos comprar benju___.

Quien ho___ siembra, mañana recoge.

No ca___ en cuenta, hasta que me lo explicaste.

Ha___ playas mu___ buenas en esta zona.

El re___ desfiló con sus soldados.

Pose___ muchos libros, pero los perdí en el incendio.

Es necesario respetar la le___.

Se compró un peine de care___.

Ahora vo___ de compras.

Argü___ muchas veces, pero no los convencí.

6.4.19. Lea cuidadosamente las oraciones siguientes:

Juan y Ernesto vinieron del Canadá.

Saldremos mañana y te compraremos lo que nos pidas.

Ven enseguida y te haremos un regalo.

Como puede observar, la conjunción copulativa se escribe **y**.

EJERCICIO

6.4.20. Según la norma referida, rellene los espacios en blanco.

Abelardo ___ Eloísa son muy famosos.

La casa ___ el coche ya son nuestros.

Maribel ___ la extraña familia *fue escrita por Miguel Mihura.*

La ll (elle)

6.4.21. Lea cuidadosamente las siguientes palabras:

llama	llegar	llorar	*yacer*
llamarada	llenar	llover	*yambo*
llana	llegada	lloviznar	*yarda*
llanto	lleno	lluvia	*yate*
llave	llevadero	lluvioso	*yegua*
			yodo
			yuca

Como puede observar, se escriben con **ll** las palabras que comienzan por *lla, lle, llo, llu*, menos las incluidas en la columna de la derecha del número 6.4.21.

EJERCICIO

6.4.22. Según esta regla, rellene los espacios en blanco.

Salió a pasear en su ___ate.

El tiempo está muy ___uvioso.

La ___uca es un tubérculo muy sabroso.

___egada de los dioses *es un drama de Buero Vallejo.*

___oró toda la noche por el marido ausente.

Recibió una ___amada de Milán.

Este terreno es muy ___ano.

Tenemos que comprar una ___egua.

El ___ambo pertenece a la poesía griega.

La casa está ___ena de flores.

6.4.23. Lea cuidadosamente las siguientes palabras:

falleba	fallar	fallecer	falla
fallo	follaje	folleto	folletín
follón	folletinesco	fuelle	fullero

Como puede observar, se escriben con **ll** las palabras que comienzan por *fa, fo, fu*.

EJERCICIO

6.4.24. Según esta regla, rellene los espacios en blanco.

¿Vamos a las Fa___as de Valencia este año?

Este fo___eto acaba de ser prohibido.

Tráeme el fue___e para avivar el fuego.

Es un hombre muy fu___ero.

Acaba de fa___ecer en Biarritz un viejo actor.

Ese film es muy fo___etinesco.

La luz penetraba por el fo___aje.

No fa___es en saber tu lección mañana.

Asegura la fa___eba de esta ventana.

El tribunal fa___ó en favor de mi defendido.

6.4.25. Lea cuidadosamente las palabras siguientes:

cuchillo	pastilla
chiquillo	silla
tresillo	colilla
pestillo	semilla
pillo	costilla

Como puede observar, todas las palabras terminadas en *illo, illa*, se escriben con **ll**.

EJERCICIO

6.4.26. Según esta regla, rellene los espacios en blanco.

Compra carne de membri___o.

Muele el café en el nuevo molini___o.

Me tienes hasta la coroni___a.

"La Gitani___a" es una de las Novelas ejemplares *de Cervantes.*

No siembres las semi___as todavía.

Recogía las coli___as por las calles.

No salgas con él, porque es un pi___o.

Echa el pesti___o de la ventana.

Se fracturó tres costi___as.

Paseemos por la Costani___a de los Ángeles.

6.4.27. Hay muchas palabras en español que se diferencian por el uso de la **y** o de la **ll**. Las más frecuentes son:

arrollo	*(verbo arrollar)*	arroyo	*(río pequeño)*
halle	*(verbo hallar)*	haya	*(verbo haber y árbol)*
pollo	*(animal)*	poyo	*(banco de piedra)*
olla	*(caldero)*	hoya	*(fosa)*
pulla	*(expresión)*	puya	*(vara)*
rollo	*(cosa cilíndrica)*	royo	*(verbo roer)*
callado	*(silencioso)*	cayado	*(bastón)*
valla	*(cerca)*	vaya	*(verbo ir)*
hulla	*(carbón)*	huya	*(verbo huir)*

Ejercicios

6.4.28. Escriba **ll** o **y**, según corresponda, en las frases siguientes:

El carbón de hu___a ha subido de precio.

Estuvo un verano en La Ha___a.

Acaban de poner un anuncio en la va___a.

Encontró una o___a llena de aceite.

El ciego andaba con un ca___ado por los campos.

El po___o al ajillo es un plato delicioso.

Mi hermano tuvo un a___a gallega.

Debes limpiar el po___o de la ventana.

Estuvo ca___ado toda la noche.

No espero que Juan va___a a la playa hoy.

Es preciso que hu___a inmediatamente. Vienen por él.

Lo enterraron en una ho___a al final del cementerio.

El niño fue arro___ado por un camión.

Martí dijo: "El arro___o de la sierra, me complace más que el mar".

No ha___a lo que está buscando.

6.4.29. Escriba *i, y* o *ll*, según corresponda, en los espacios en blanco:

Acabo de escribir tu fo___eto.

El ___erno de Luis se suicidó ho___.

Esa ___sla está muy cercana a la bahía.

Aqu___ nunca sucede nada.

Espero que ha___a sido agradable esta velada.

Fue quemado por un ra___o.

¿Saliste a pasear en tu caballo ba____o?

Estudia ___diomas con mucho entusiasmo.

No deja de ___over en Santiago de Compostela.

Rele___ ese libro y ___a no me pareció tan bueno.

El avión ca___ó en el mar.

Hizo un trabajo en esos ___ermos.

Es un personaje ab___ecto.

Hay que comprar un cuchi___o ma___or.

Es un ___lustre profesor urugua___o.

Sal___ de la casa antea___er y no he regresado todavía.

La ___edra ha trepado por la pared hasta tu ventana.

___*a nadie lee* Pablo ___ Virginia.

Les despertaron las ___amas del incendio.

Roa Bastos es el novelista paragua___o más conocido.

O___ muchas cosas sobre ese extranjero.

Hemos ___enado la casa de cuadros modernos.

Tuviste un fa___o imperdonable.

Les vi a___er tarde en la ___glesia.

La ___arda es una medida inglesa.

Fra___ Bartolomé de las Casas, defendió a los ___ndios.

___sabel esperaba carta ho___.

Visitamos el casti___o por la mañana.

Estuvimos o___endo sus nuevas canciones.

El v___rre___ visitó la plaza.

6.5. La C, la Z y la S

El fonema /k/ de la lengua española está representado ortográficamente por la letra **c** ante *a, o, u* y por el grupo **qu** ante *e, i*. La ortografía de este fonema no entraña ninguna dificultad, pues. El fonema /z/ está representado por la letra **c** ante *e, i*, y por la **z** ante *a, o, u*. Esta peculiaridad no tiene problemas ortográficos en la mayoría de las regiones de España, pero sí se convierte en una cuestión compleja en algunas zonas de España y toda Hispanoamérica, donde se presenta el fenómeno lingüístico del *seseo*, es decir, la asimilación del fonema /z/ por el fonema /s/. En esta parte del libro trataremos de esclarecer, mediante reglas, el uso de las letras en cuestión: **c, z** y **s.**

La c (ce)

6.5.1. Lea cuidadosamente las siguientes palabras:

cebada	cine	*zepelín*
cebolla	cifra	*Ezequiel*
cacerola	tacita	*Zebedeo*
desfallece	cacito	*zipizape*
engrandece	cirio	*zig-zag*
		eczema
		zeta o *zeda*
		zéjel
		enzima (fermento)

Como puede observar, se escribe siempre **c** ante *e, i*, menos en un grupo de palabras que se escriben con **z**. Las más frecuentes de éstas aparecen en la columna derecha del número 6.5.1.

EJERCICIO

6.5.2. Según esta regla, rellene los espacios en blanco.

Fue al médico porque pade___ía un ec___ema.

Trajo ___ientos de dólares de contrabando.

Las hijas de ___ebedeo, *es una vieja zarzuela.*

Se armó un ___ipizape tremendo.

Me voy a dedicar a estudiar el ___éjel.

Tiene una ___icatriz en el hombro.

___ierta noti___ia te gustará mucho.

El ___iervo fue cazado por su hermano.

Julio ___ésar escribió La conquista de las Galias.

Su tía es ___iega.

6.5.3. Lea cuidadosamente las siguientes palabras:

ácimo	*o*	ázimo
acimut	*o*	azimut
ceda, ceta	*o*	zeda, zeta
celandés	*o*	zelandés
ceugma	*o*	zeugma
cicigia	*o*	zizigia
cinc	*o*	zinc

6.5.4. Como puede observar, existen palabras que pueden escribirse indistintamente con **c** o con **z**.

6.5.5. Lea cuidadosamente las siguientes palabras:

acción	actor	*azteca*
reducción	afecto	
diccionario	táctil	
perfección	lectura	

fricción	aspecto

Como puede observar, se escribe siempre **c** al final de sílaba ante *c* y *t*, menos en *azteca*.

EJERCICIO

6.5.6. Según esta regla, rellene los espacios en blanco.

Tiene un aspe___to estupendo.

Todos dicen que es un a___tor muy bueno.

La calefa___ción está muy fuerte.

El templo a___teca fue fotografiado por los turistas.

Esta se___ción de la ciudad no le agrada.

6.5.7. Lea cuidadosamente las siguientes palabras:

benigno	enigma	*técnico*
digno	Magdalena	*pirotecnia*
signo	amígdala	*estricnina*
maligno	diafragma	*arácnido*
ignorar	dignidad	*facsímil*
		anécdota

Como puede observar, se escribe siempre **g** al final de sílaba, ante las consonantes que no sean *c* o *t*, menos en las palabras que aparecen en la columna derecha del número 6.5.7.

EJERCICIO

6.5.8. De acuerdo con esta regla, escriba *g* o *c*, según corresponda.

El embarque estaba consi___nado a nuestra compañía.

Sus antecedentes son un esti___ma para ese cargo.

Viajaba de incó___nito, pero fue reconocido.

Esa ané___dota es muy ingeniosa.

Es un té___nico en pirote___nia.

Toma una dosis muy alta de estri___nina.

Gracias a la ma___nanimidad del jefe, salvó la vida.

Murió muy di___namente.

Busca un fa___símil de esa carta.

Espero viajar por el río Ma___dalena.

6.5.9. Lea cuidadosamente las siguientes formas verbales:

palidecer amanecer engrandecer enriquecer fallecer

Como puede observar, se escriben con **c** los verbos terminados en *ecer*.

EJERCICIO

6.5.10. Según esta regla rellene los espacios en blanco.

Quedó empequeñe___ido ante mis amigos.

Amane___ió muy temprano hoy.

El abuelo falle___ció a las veinte horas.

Se enrique___ió con negocios sucios.

Enmude___ió de terror.

6.5.11. Lea cuidadosamente los siguientes nombres:

renunciación	de	*renunciar*
plantación	de	*plantar*
privación	de	*privar*
perturbación	de	*perturbar*
peregrinación	de	*peregrinar*

Como puede observar, los nombres derivados de verbos terminados en *ar* se escriben con **c**.

EJERCICIO

6.5.12. Según esta regla, rellene los espacios en blanco.

Me dio una saluta___ión muy entusiasta.

La amplia___ión del negocio le hizo daño.

Es precisa la reanuda___ión de conversa___iones entre los dos ministros.

En recorda___ión del mártir, descubrimos este busto.

Vivía al sur de las planta___iones.

6.5.13. Lea cuidadosamente los siguientes nombres:

movilización	de	*movilizar*
autorización	de	*autorizar*
naturalización	de	*naturalizar*
vocalización	de	*vocalizar*
civilización	de	*civilizar*

Como puede observar, los nombre derivados de los verbos terminados en *izar* se escriben con **c**.

EJERCICIO

6.5.14. Según esta regla, rellene los espacios en blanco.

Cuando llegó, la coloniza___ión era un proceso terminado.

Estas generaliza___iones son muy molestas y falsas.

Ortega y Gasset habló de la barbarie de la especializa___ión.

Le llevó mucho tiempo la naturaliza___ión en España.

La militariza___ión es muy útil en momento difíciles.

6.5.15. Lea cuidadosamente las siguientes palabras:

frac zinc *cok*

cognac	tictac
bistec	copec
Isaac	ad hoc
vivac	Languedoc

Como puede observar, existe un grupo de palabras en español, casi todas de origen extranjero, que terminan en **c**. (La única que representa este sonido con *k* final es *cok*).

EJERCICIO

6.5.16. Según esta regla, rellene los espacios en blanco.

Estudió mucho la historia de Isaa___.

Fue conducido al viva___ esa misma noche.

No me gusta dormir bajo un techo de zin___ en el verano.

¡No tomes tanto cogna___!

Tienen que ir de fra___ a la recepción.

6.5.17. Lea cuidadosamente las siguientes palabras:

rosácea	acacia	*hortensia*
rosáceo	aristocracia	*magnesia*
intemperancia	recia	*anestesia*
ignorancia	astucia	*eugenesia*
vagancia	caricia	*eutanasia*
advertencia	inicio	
conciencia	cansancio	
experiencia	menosprecio	
diferencia	negocio	
paciencia	batracio	

Como puede observar, se escriben con **c** las palabras terminadas en *ácea, áceo, ancia, encia, acia, cia* y *cio*, menos *hortensia* y algunas palabras procedentes del griego como *magnesia, anestesia, eugenesia, eutanasia,* etcétera.

EJERCICIO

6.5.18. De acuerdo con esta regla, escriba *c* o *s* , según corresponda, en las oraciones siguientes.

La diferen___ia de edades era muy notable.

Fue condenado por eutana___ia.

Era un hombre muy re___io.

La aristocra___ia fue barrida por la revolución.

El ini___io siempre es difícil.

Cuida las macetas de horten___ias.

Por su ignoran___ia perdió aquella buena posición.

Hay que terminar con la vagan___ia.

Su astu___ia lo elevó a la posición que ocupa.

Le hizo daño la aneste___ia.

Esa obra científica carece de vigen___ia.

Llénate de pacien___ia para afrontar los hechos.

Su elocuen___ia nos deslumbró.

Fue víctima del cansan___io.

La z (zeta o ceda)

6.5.19. Lea cuidadosamente las formas verbales siguientes:

nazco	de	*nacer*
renazco	de	*renacer*
fortalezco	de	*fortalecer*

envilezco	de	*envilecer*
conozco	de	*conocer*
conduzco	de	*conducir*

6.5.20. Como puede observar, la primera persona del presente de indicativo y todas las del presente de subjuntivo, de los verbos terminados en *acer, ecer, ocer, ucir*, anteponen una **z** a la *c*.

6.5.21. Lea cuidadosamente los siguientes nombres:

pestazo porrazo cabezazo cañonazo codazo.

6.5.22. Como puede observar, se escribe con **z** el sufijo *azo* que puede tener sentido aumentativo o significar "golpe producido por la cosa que el nombre primitivo denomina" *(martillo → martillazo)*.

6.5.23. Lea los siguientes apellidos:

Pérez	López
González	Fernández
Rodríguez	Hernández
Álvarez	Laínez
Sánchez	Martínez

Como puede observar, se escriben con **z** los apellidos españoles terminados en *ez*.

EJERCICIO

6.5.24. Según esta regla, rellene los espacios en blanco.

Velázque___ es uno de los grandes pintores de España.

Ramón Góme___ de la Serna fue un escritor humorístico.

Los hermanos Álvare___ Quintero nacieron en Sevilla.

Diego Laíne___ pertenece al Poema de Mio Cid.

Rafael Hernánde___ es un gran músico popular.

La s (ese)

6.5.25. Lea cuidadosamente las siguientes palabras:

cesión	de	*ce**der***
suspensión	de	*suspen**der***
agresión	de	*agre**dir***
confusión	de	*confun**dir***
diversión	de	*diver**tir***
medición	de	*me**dir***
repartición	de	*repar**tir***

Como puede observar, los nombres derivados de los verbos terminados en *der, dir, ter, tir*, se escriben con **s**, menos cuando conservan la *d* o la *t* del verbo; en ese caso se escriben con **c**.

EJERCICIO

6.5.26. Según esta regla, rellene los espacios en blanco.

Tiene un gran poder de persua___ión.

La medi___ión de los terrenos se demoró mucho.

La eva___ión de los presos fue al anoche___er.

Le llevó tiempo la divi___ión de su fortuna.

Esa inver___ión le llevó a la suspen___ión de pagos.

No pudieron responder a la agre___ión.

La reparti___ión de los bienes trajo tres divi___iones.

Se ha cerrado el plazo de admi___ión.

La ce___ión de las acciones fue casi obligatoria.

Tiene muy poca compren___ión para con su hijo.

Hubo una confu___ión muy grande en los primeros momentos.

6.5.27. Lea cuidadosamente las siguientes palabras:

confe**sión**	de	*confe**sar***
disper**sión**	de	*disper**sar***
expre**sión**	de	*expre**sar***
revi**sión**	de	*revi**sar***
preci**sión**	de	*preci**sar***
malversa**ción**	de	*malver**sar***
conversa**ción**	de	*conver**sar***

Como puede observar, los nombres derivados de los verbos terminados en *sar* se escriben con **s**, menos cuando el nombre conserva la sílaba *sa* del verbo; en ese caso se escribe con **c**.

EJERCICIO

6.5.28. Según esta regla, rellene los espacios en blanco.

Esa expre___ión de su rostro jamás la olvidaré.

Recibimos una compensa___ión por la pérdida habida.

El automóvil fue sometido a una cuidadosa revi___ión.

Es un reloj de gran preci___ión.

Hizo profe___ión de su fe y murió en la hoguera.

Se descubrieron muchas malversa___iones.

La expul___ión de los judíos fue nociva para España.

La disper___ión de los cubanos es dramática.

Su confe___ión le tranquilizó el espíritu.

La conversa___ión fue muy afectuosa.

6.6. La X

Esta letra, la **equis**, representa dos sonidos. Entre vocales indica el sonido formado por los fonemas /ks/, y ante consonante responde al fonema /s/. Esta circunstancia crea dificultades en el correcto uso de **x** y **s** en la escritura.

6.6.1. Lea cuidadosamente las siguientes palabras:

exagerar	exuberante	*esófago*
examen	exhalación	*esencia*
exhaustivo	exhibir	*ese*
éxito	exhortar	*esa*
		eso

Según puede observar, se escribe **ex** y no *es* en las palabras que empiezan por ese sonido seguido de *vocal* o *h*, menos en *esófago, esencia* y los demostrativos *ese* y sus variantes.

EJERCICIO

6.6.2. De acuerdo con esta regla, rellene los espacios en blanco con *ex* o *es*, según corresponda.

Tuvo un ___ ___abrupto muy lamentable.

Esta ___ ___encia me gusta más que aquélla.

Le salen siempre sus cuentas ___ ___actas.

Tuvo ___ ___ito en su ___ ___amen.

Tiene una enfermedad en el ___ ___ófago.

___ ___os chicos quedaron ___ ___haustos después de la competición.

Está ___ ___ento del servicio militar.

6.6.3. Lea cuidadosamente las siguientes palabras:

exportar extraer expropiar exponer excéntrico

Como puede observar, se escriben con **x** todas las palabras compuestas de la preposición latina *ex*.

EJERCICIO

6.6.4. Según esta regla, rellene los espacios en blanco.

Esa empresa e___trajo grandes cantidades de petróleo.

Me cuentan que era un hombre muy e___céntrico.

Ha e___plotado una bomba en el centro.

No debemos e___ponernos a un castigo.

Han e___portado todo lo que tenían en reserva.

6.6.5. Lea cuidadosamente las siguientes palabras:

explanada	explicar	*esplendor*
exprés	expresar	*espliego*
exprimir		

Como puede observar, se escribe **x** delante de las sílabas *pla, ple, pli, pre, pri*, menos en las palabras *esplendor, espliego* y sus derivados.

EJERCICIO

6.6.6. De acuerdo con esta norma, rellene los espacios en blanco con *ex* o *es*, según corresponda.

Es una noche ___ ___plendorosa.

Debemos ___ ___presar con claridad nuestras ideas.

Daba unas___ ___plicaciones muy buenas sobre la materia.

El tren ___ ___preso *es un poema de Campoamor.*

___ ___prime bien las naranjas.

6.6.7. Lea cuidadosamente las siguientes palabras:

extramuros	extradición	*estrado*

extralimitar	extranjero	*estratega*
extraordinario	extrarradio	*estrangular*
extraño	extraterritorial	*estrafalario*
extraviar	extravasarse	*estrabismo*
		estrago

Como puede observar, las palabras compuestas de la preposición latina *extra* (fuera de), se escriben con **x.** Hay muchos vocablos que, como no proceden del latín, se escriben con **s**, como *estratega* (del griego *strategos* = general). Los más frecuentes de éstas son los que aparecen en la columna derecha del número 6.6.7.

Ejercicio

6.6.8. Según esta regla, rellene los espacios en blanco.

Ha tenido una gran popularidad la novela El e___orcista.

Sus restos fueron ___ ___*humados recientemente.*

Los ___ ___*tranjeros se refugiaron en sus embajadas.*

Padece ___ ___ ___ ___ ___*bismo.*

Su locura le dio por ___ ___ ___ ___ ___ ___*gular mujeres.*

Fue una representación ___ ___ ___ ___ ___*ordinaria.*

Siempre fue un hombre muy ___ ___ ___ ___ ___*ño.*

Vivía ___ ___ ___ ___ ___*muros: en la orilla del río.*

Pidieron la ___ ___ ___ ___ ___*dición de los culpables.*

No me gusta vivir en el ___ ___ ___ ___ ___*rradio de la ciudad.*

Sobresalía por su vestuario ___ ___ ___ ___ ___*falario.*

Se ___ ___ ___ ___ ___*limitó en su conducta.*

6.6.9. Lea cuidadosamente las siguientes expresiones:

ex ministro	ex director
ex alumno	extemporáneo

ex-presidente	ex marido

Como puede observar, se escribe con **x** la preposición latina *ex*, que significa “algo que ya no es”. Dicha expresión latina puede escribirse junto al término, como una sola palabra, o bien separada o unida con un guión.

6.6.10. He aquí una lista de palabras que cambian de significado, según se escriban con **x** o con **s**:

esplique	*(trampa para cazar pájaros)*	explique	*(verbo explicar)*
espolio	*(bienes que quedan al morir un prelado)*	expolio	*(despojo con violencia)*
estática	*(inmóvil, parada, parte de la mecánica)*	extática	*(arrobada, que está en éxtasis).*
estirpe	*(linaje)*	extirpe	*(verbo extirpar)*
esportada	*(de espuerta)*	exportada	*(verbo exportar)*
contesto	*(verbo contestar)*	contexto	*(orden, tejido, unión de cosas entrelazadas)*
seso	*(cerebro, juicio)*	sexo	*(condición orgánica que distingue al macho de la hembra)*
testo	*(verbo testar=hacer testamento)*	texto	*(libro, su contenido)*

6.6.11.Lea cuidadosamente las siguientes palabras:

esquela	eslora	*exquisito*
esbirro	esmeralda	
asfalto	esmero	
esguince		

Como puede observar, se escribe **s** delante de *q, b, f, g, l y m,* menos en *exquisito* y sus derivados, que se escriben con **x.**

EJERCICIO

6.6.12. Según esta norma, rellene los espacios en blanco:

La niña trajo un ramo de a____fodelos.

La visión del ___esqueleto me estremeció.

El tocinillo de cielo es una e___quisitez.

Luis Escobar escribió El amor es un potro de___bocado.

Se rompió el cristal e___merilado.

6.6.13. Lea cuidadosamente las siguientes palabras:

conexión	flexión	complexión	reflexión
anexión	genuflexión	crucifixión	inflexión

Como puede observar, estas palabras se escriben con **x** y no con *s* o *cc*. Junto con sus derivados, son prácticamente las únicas que en español terminan en *xión*. Las demás de sonido similar, se escriben con **s** o **cc**.

EJERCICIO

6.6.14. Según la referida norma, rellene los espacios en blanco.

La rea___ión del organismo ha sido muy satisfactoria.

La ane___ión a Estados Unidos no es aceptada por muchos.

Tiene que fle___ionar esa pierna todos los días.

Nunca demuestra mucha compren___ión.

La Crucifi___ión es tema de la pintura renacentista.

Su di___ión era muy clara.

Tenía unas infle___iones muy bellas en la voz.

Buscaba ante todo la perfe___ión.

Era de muy débil comple___ión.

El niño hizo bien la divi___ión.

6.6.15. En español existen muchas palabras de doble significado según se escriban con **x** o **s**. Entre ellas, las más frecuentes son:

esotérico *(oculto, misterioso)* exotérico *(vulgar, corriente)*

espiar	*(observar con disimulo)*	expiar	*(sufrir condena)*
espira	*(línea en esperial; verbo espirar)*	expira	*(verbo expirar)*

EJERCICIOS

6.6.16. Rellene los espacios en blanco con *x* o *s*, según corresponda:

Se dedicó a un culto e___otérico.

Debes entregarme ese te___to antes del lunes.

Es una persona con muy poco se___o.

E___plique todo lo ocurrido.

No permanezcas e___tática: haz algo.

Orestes y Electra pertenecían a la e___tirpe de los atridas.

La materia e___portada incrementó sus bienes.

Hay muchos filmes que e___plotan el recurso del se___o.

Alabaron mucho la escultura de Santa Teresa e___tática.

Mi abuelo te___tó a favor nuestro.

6.6.17. Escriba *x* o *s* en los espacios en blanco, según corresponda:

En el teatro había público de uno y otro se___o.

Má___imo es el superlativo de grande.

La primavera llegó con su e___plendor habitual.

E___presó sus deseos de ayudarnos.

El e___ministro visitó a sus antiguos empleados.

Esa gente vivía e___tramuros.

Esto merece una minuciosa e___plicación.

Hemos visto un suceso e___traordinario.

Es una mujer muy e___uberante.

Debes añadir a esa receta un poco de e___encia de vainilla.

Concibió una e___trategia muy inteligente.

El sacerdote e___hortó a los fieles.

Vienen a e___propiar los terrenos nuestros.

Están e___hibiendo un espectáculo e___otérico.

No le gusta viajar en tren e___prés.

Nos envió una e___quela por nuestro onomástico.

Traficaba con e___meraldas y fue descubierto.

No se debe e___agerar en cuanto a crímenes políticos.

Su e___clamación nos llenó de asombro.

Tengo que e___playarme contigo.

El tirano se e___tralimitó con los presos políticos.

Ése es un problema e___temporáneo en Norteamérica.

Vive con un grupo de gente e____trafalaria.

E___cavaron en busca de tesoros olvidados.

El conte___to lo dice todo en esa comedia de Chejov.

El postre resultó e___quisito.

Subió al e___trado e impresionó a los asistentes con su voz.

Es necesario que el cirujano e___tirpe ese tumor.

Es e___traño que no haya venido ayer.

Pasa los veranos en el e___tranjero.

6.6.18. Rellene los espacios en blanco con *c, cc, z, s* o *x,* según corresponda.

Es muy infle___ible en este aspecto.

La introdu___ión es lo mejor del libro.

Asistiremos a la reposi___ión de esa obra.

Han pedido la participa___ión de todos.

Esas ilustra___iones están muy bien impresas.

Es una e___agera ión evacuar a todos los e___tranjeros.

El automóvil venía en ___ig___ag.

Tiene rasgos a___tecas.

Le operaron de e___trabismo.

La Restaura___ión española se inicia con Alfonso XII.

Atarde___ía muy lentamente.

Hay varias perturba___iones ciclónicas.

La película fue e___hibida con gran é___ito.

El segundo a___to es mejor que el primero.

Sufrió priva___ión de libertad.

Es una comida e___quisita.

Se dedicaba a la e___égesis de la Biblia.

Hizo cone__ión sin problemas.

La afe___tó la redu___ción de personal.

Enflaque___e por días.

Le operaron el e___ófago.

Son unos e___celentes e___céntricos musicales.

Hace tiempo que no veo ___epelines.

Sus e___hortaciones no sirvieron de nada.

María la embelle___ió para la fiesta.

No le quedaba bien ese fra___.

La disper___ión de los invitados se debió al porta___o.

El cadáver fue e___puesto a la multitud.

La corte tenía entonces un gran e___plendor.

Trajo varias planchas de ___inc.

6.7. La M

6.7.1. Lea cuidadosamente las siguientes palabras:

columna	omnipotente	*perenne*
gimnasia	amnistía	*ennoblecer*
solemne	omnívoro	*innovar*
amnesia	alumno	*connatural*
calumnia	himno	*sinnúmero*

Como puede observar, se escribe **m (eme)** a final de sílaba, cuando la siguiente comienza por *na, ne, ni, no*, menos en la palabra *perenne* y los compuestos de los prefijos *en, in, circun, con, sin.*

EJERCICIO

6.7.2. Según esta regla, rellene los espacios en blanco.

Llegó con muchas i___novaciones.

En la clase de primaria hay cien alu___nos.

Tiene que inde___nizar por los desperfectos.

Las fiestas serán muy sole___nes.

Acudió un si___número de fieles a la ceremonia.

Animales o___nívoros son los que comen carne y vegetales.

Hay que practicar la gi___nasia.

Las colu___nas de ese templo son muy altas.

Su conducta le e___nobleció a los ojos de su hijo.

Su amor por él es pere___ne.

6.7.3. Lea cuidadosamente las siguientes palabras:

álbum	ídem	tedéum	ultimátum	memorándum
Abraham	Miriam	mare mágnum	tótem	Tío Sam

Como puede observar, sólo algunas palabras procedentes de otras lenguas terminan en español en **m** (la gran mayoría de los vocablos españoles que tienen ese sonido se escriben con *n* al final).

EJERCICIO

6.7.4. Según esta regla, rellene los espacios en blanco.

Quiere comprar un álbu___ para fotografías.

El tóte___ de esa tribu es muy siniestro.

Se ofreció un tedéu___ por la batalla de Lepanto.

La secretaria escribió sin errores un memorándu___ urgente.

El general envió un ultimátu___ a los sublevados.

Se espera la ayuda del Tío Sa___.

Le confiscaron todos los álbu___es de recuerdos.

Se armó un mare mágnu___ impresionante.

Miria___ *es un cuento magnífico de Truman Capote.*

El cuadro se titula El sacrificio de Abraha___.

6.7.5. Lea cuidadosamente las siguientes palabras:

ambos	bomba	cambio	embrollo	gamba
hambre	hombre	hembra	también	membrillo
campeón	limpio	tampoco	templo	campana
empleo	lámpara	comparsa	compota	compartir

Como puede observar, delante de *b* y *p* se escribe siempre **m** y nunca *n*.

EJERCICIOS

6.7.6. Según esta norma, rellene los espacios en blanco.

Juan co___vidó a sus hermanos al co___cierto.

La lá___para estuvo e___cendida toda la noche.

La a___bición rompe el saco.

El ca___peón fue agasajado.

El esta___pido de la bo___ba nos estremeció.

El nuevo te___plo es muy hermoso.

Aquel ho___bre tenía ha___bre.

Debes i___pedir que ve___ga hoy.

En dicie___bre tenemos vacaciones.

Hay que ca___biar la bo___billa.

De pro___to se vio e___vuelto en aquel e___brollo.

Cayó sin dificultad en la tra___pa.

Trabajo de co___table en la co___pañía nacional.

Hay que hacer co___pota de ma___zanas.

Las tardes de novie___bre son frescas.

6.7.7. Escriba *m* o *n*, según corresponda, en los espacios en blanco:

Planea un viaje de circu___navegación.

Su conducta es i___noble.

Su discurso tiene muchas co___notaciones sutiles.

El ca___peón fue sobornado por el ha___pa de la ciudad.

Al tedéu___ asistieron muchos fu___cionarios minitseriales.

No tuvieron co___miseración de los huérfanos.

Es i___negable que vino para asesinarlo.

Confían en la o___nipotencia de Dios.

El acto fue sole___ne.

Aquí funciona muy bien la li___pieza pública.

Ta___poco vino esta noche.

Los alu___nos obtuvieron excelentes calificaciones.

Los judíos entonaron un hi___no antes de ser fusilados.

Se espera una a___nistía política.

6.8. La R y la RR

6.8.1. Lea cuidadosamente las siguientes palabras:

para	amor	cariño
corazón	cereza	rosa
romero	rabel	raudal
rabia	derrota	carro
corneta	barra	derrota

6.8.2. Como puede observar, la letra **r (erre)** representa dos fonemas: uno de sonido suave, cuando va antes o después de vocal, y uno de sonido fuerte /rr/ cuando va a principio de palabra. Este último fonema se representa entre vocales por la letra **rr (erre doble).**

6.8.3. Lea cuidadosamente las siguientes palabras:

alrededor	malrotar	enredo	honrado	manera
sonrojo	enriquecer	sinrazón	Israel	postromántico
abrogar	subrayar	enramada	posrenacentista	enrejado

Como puede observar, después de *l, n, s* y los prefijos *ab, sub* y *pos, post,* se escribe **r** para representar sonido fuerte.

EJERCICIO

6.8.4. Según las reglas conocidas, escriba *r* o *rr* en los espacios en blanco.

___amón de Campoamor pertenece al post___omanticismo.

Ese tema es sub___ayado por los oboes en el segundo movimiento.

Los is___aelíes combaten con los á___abes.

Pasamos un fin de semana en Ma___uecos.

Dios es amo___.

Me agrada viajar en fe___oca___il.

Las ruedas del ca___o se ___ompie___on.

Amo___es y amo___íos *es una comedia pasada de moda.*

La ___opa de En___iqueta estaba sucia.

El profeso___ sub___ayó todos los e___ores.

Con___ado llegó ta___de a la cita.

Los ___emeros ___ecibían el premio.

Abundan los ___osales en los alrededores.

Segui___emos la ___uta acostumbrada.

6.8.5. Lea cuidadosamente las siguientes palabras:

contrarreforma guardarropía irreverente pelirrojo pararrayos

Como puede observar, en las palabras compuestas cuyo segundo elemento comienza por *r* se escribe **rr** para conservar el sonido fuerte de la *r* inicial.

EJERCICIO

6.8.6. De acuerdo con las reglas estudiadas, escriba *r* o *rr* en los espacios en blanco, según corresponda.

Este teatro tiene que ___enovar su guarda___opía.

___afael Alberti tiene una etapa poética supe___ealista.

España tuvo una participación decisiva en la Contra___eforma.

No seas i___everente.

Benjamín Franklin inventó el pa___a___ayos.

6.8.7. Lea cuidadosamente las siguientes palabras:

greco-romano anglo-ruso vice-rector hispano-romano

Como puede observar, en las palabras compuestas cuyos elementos se separan con un guión, no se escribe *rr*.

NOTA: Nunca se escribe *rr* al principio ni al final de palabra, ni después de consonante.

EJERCICIO

6.8.8. Según las reglas conocidas, escriba *r* o *rr* en los espacios en blanco.

La ___evuelta estudiantil ___esultó i___elevante.

La cultura hispano-___omana es estudiada cada vez más.

El tratado anglo-___uso es muy beneficioso para ambos países.

El vice-___ector asistió a la apertura de curso.

La historia greco___omana es apasionante.

6.9. La D y la T

La d (de)

6.9.1. Lea cuidadosamente las palabras siguientes:

alabad imitad consultad

Como puede observar, se escribe con **d** final la segunda persona del plural de imperativo.

6.9.2. Lea cuidadosamente las palabras que siguen:

latitu*d* → latitu*des*

calida*d* → calida*des*

ciuda*d* → ciuda*des*

Como puede observar, se escriben con **d** final las palabras cuyo plural termina en *des*.

EJERCICIO

6.9.3. Según las reglas estudiadas, rellene los espacios en blanco.

Pertenece a la Hermanda___ de donantes de sangre.

Alaba___ al Señor en todas las ocasiones.

El Nautilus se hallaba a 30° latitud___ norte.

El 12 de octubre es la fiesta de la Hispanida___.

La t (te)

6.9.4. Lea cuidadosamente las siguientes palabras:

etnografía *adlátere*

atleta *adminículo*

aritmética	*administrar*
Altántico	*admirar*
etnología	*admitir*
rítmica	*admonición*
istmo	

Como puede observar, se escribe **t** antes de *l, m* y *n*, excepto en las palabras de la segunda columna de 6.9.4, que se escriben con **d.**

EJERCICIO

6.9.5. Según las reglas estudiadas, rellene los espacios en blanco.

El a___ministrador hubo de dirigir una a___monición a los herederos.

No pudo disimular su a___miración por el joven a___leta.

Da___me vosotros una buena razón para que a___mita ese comportamiento.

Luisa Llagostera ganó el premio Ciuda___ de Barcelona.

6.9.6. Se utiliza en español una serie de palabras, la mayoría de ellas procedentes de otros idiomas, que acaban en **t**. Las más frecuentes son las que a continuación se relacionan:

cenit	robot	vermut	mamut
complot	carnet	déficit	azimut

EJERCICIO

6.9.7. De acuerdo con las reglas estudiadas, rellena los espacios en blanco:

En aquel is___mo se descubrieron curiosas peculiaridades é__nicas.

Quedó a___mirado al contemplar el gran mamu___.

La humeda___ a___mosférica echó a perder el vermu___.

Dijo Cristo: «Hace___ esto en conmemoración mía».

Los implicados en el complo___fueron denunciados por sus a___láteres.

7. Apéndices

7.1. Expresiones latinas empleadas en español

7.2. La escritura de los números

7.3. Vocabulario de términos de escritura dudosa

7.1. Expresiones latinas empleadas en español

ab aeterno	desde muy antiguo
ab initio	desde el principio
ab intestato	sin testamento
ab irato	arrebatadamente
ab ovo	desde el principio
absit	¡Dios nos libre!
accesit	segundo premio
ad calendas graecas	para un tiempo que nunca llegará
ad hoc	para un fin determinado
ad libitum	a gusto; a voluntad
ad nutum	a voluntad
ad pedem litterae	al pie de la letra
ad referendum	para ser aprobado por el superior
a fortiori	con mayor razón o motivo
alter ego	otro yo
a nativitate	de nacimiento
a posteriori	para después; posteriormente
a priori	con anterioridad
aut Cesar aut nihil	o César o nada
bis	dos
calamo currente	al correr de la pluma *o* a vuelapluma
casus belli	motivo para declarar la guerra
consummatum est	todo se ha acabado
coram populo	ante la multitud
cumquibus	recursos, dinero
curriculum vitae	relación de méritos que caracterizan a una persona
deficit	cantidad que falta
Dei gratia	por la gracia de Dios
de jure	conforme a derecho
deo volente	Dios mediante
de populo barbaro	de pueblo bárbaro (cosa atroz)
desideratum	del mayor deseo
de verbo ad verbum	palabra por palabra, a la letra
de visu	de vista, por haberlo visto

directe ni indirecte	directa ni indirectamente
do ut des	doy para que des
dura lex, sed lex	la ley es dura, pero es ley
ergo	por tanto; luego
ex abrupto	arrebatada, bruscamente
ex cathedra	con autoridad de maestro
ex libris	de los libros
ex profeso	a propósito
fiat lux	hágase la luz
habeas corpus	derecho del detenido a ser oído
hic jacet	aquí yace
ibidem	ahí mismo
idem	lo mismo, igual
idem per idem	lo mismo lo uno que lo otro
in albis	en blanco, sin nada
in articulo mortis	en el momento de la muerte
incontinenti	al instante
in fraganti	en el momento de cometerse el delito
in illo tempore	en aquella época
in medio virtus	la virtud se halla en el medio
in partibus infidelium	en paises infieles
in perpetuum	perpetuamente, para siempre
in puribus	desnudo; en cueros
intelligenti pauca	al buen entendedor, pocas palabras
inter nos	entre nosotros
inter vivos	entre los vivos
ipso facto	en el acto; por el mismo hecho
ipso jure	por ministerio de la ley
item mas	además
lapsus calami	error de pluma, de escritura
lapsus linguae	equivocación al hablar
manu militari	por mano militar
mare magnum	confusión de asuntos
modus vivendi	modo de vivir *o* medio de vida
motu proprio	espontánea, voluntariamente
multa paucis	mucho en pocas palabras
mutatis mutandis	cambiando lo que se deba
nemine discrepante	por unanimidad; sin oposición
nequaquam	de ningún modo
ne quid nimis	nada en exceso
nihil novum sub sole	nada nuevo bajo el sol

non plus ultra	no más allá
peccata minuta	error o falta leve; algo sin importancia
per accidens	accidentalmente
per fas et per nefas	por una cosa o por otra
per saecula saeculorum	por los siglos de los siglos
per se	por sí mismo
plus minusve	más o menos
quid pro quo	una cosa por otra
quod scripsi, scripsi	lo escrito, escrito está
quousque tandem!	¡hasta cuando!
relata refero	refiero lo que he oído
sine die	sin fecha determinada
sine qua non	condición imprescindible
sponte sua	por su voluntad
statu quo	en el estado actual
sub judice	pendiente de resolución
sufficit	basta
sui generis	muy especial, peculiar
superavit	exceso, demasía
suum cuique	a cada cual, lo suyo
ultimatum	último plazo
urbi et orbi	a la ciudad y al mundo; a los cuatro vientos
ut supra	como arriba
vae victis!	¡ay de los vencidos!
vale	pásalo bien
velis nolis	quieras o no quieras
veni, vidi, vici	llegué, vi, vencí
verbi gratia	por ejemplo
vox clamantis in deserto	voz que clama en desierto
vox populo	voz del pueblo; del dominio público
vox populi, vox Dei	voz del pueblo, voz de Dios

NOTA: Varias de estas expresiones se utilizan también como sustantivos.

7.2. La escritura de los números

Los números se dividen en cardinales (que expresan el nombre de la cifra), ordinales (que indican el orden), partitivos (que expresan división). Además, para numerar los siglos, capítulos, sucesión de reyes, departamentos, etc., suelen emplearse los números romanos.

No es raro encontrar personas que confunden los ordinales con los partitivos. También hay irregularidades en la escritura de fechas, cantidades, horas o decimales. Conozcamos algunas normas que nos facilitarán el empleo de los números.

Normas para la escritura de números

1) En español, las fechas deben escribirse en este orden y de esta forma: 14 de enero de 1984; 14-1-1984; 14, enero, 1984. Nunca el mes debe preceder al día, como ocurre en inglés. Observe que los años no llevan punto ni coma.

2) Los cardinales del 16 al 19 y del 21 al 30 se escriben en una sola palabra. Preste atención a la colocación de la tilde, pues los ordinales del 13 al 19 no se acentúan en la sílaba «de» *(decimotercero, decimocuarto...).*

3) Las abreviaturas del sistema métrico decimal y los decimales, que forman parte de este sistema, no se escriben con punto. Observe estos ejemplos de cómo debe hacerlo:

759 m	241 km	97 dm
38,50	15,5 m	42,10%

La colocación de punto en los decimales es anticuada o propia de la numeración inglesa.

4) Nunca se dividirá una cifra a final de renglón, para evitar confusiones. Si no cabc completa, se pasa sin partir al renglón siguiente.

5) Las horas se escriben de este modo: 9:30 h; 14:45 h. El uso de las abreviaturas a.m. y p.m. (ante meridiano y pasado meridiano) debe evitarse en favor del signo internacional moderno.

6) Las cantidades, sean en números arábigos o romanos, deben alinearse siempre por la derecha:

1	I
10	XX
100	DCC
1.000	MCCC
10.000	MCMLXXXIV

Núm	*Cardinal*	*Ordinal*	*Partitivo*	*Romano*
1	uno	primero, primer	—	I
2	dos	segundo	mitad	II
3	tres	tercero, tercer	tercio	III
4	cuatro	cuarto	cuarto	IV
5	cinco	quinto	quinto	V
6	seis	sexto	sexto	VI
7	siete	séptimo	séptimo	VII
8	ocho	octavo	octavo	VIII
9	nueve	noveno	noveno	IX
10	diez	décimo	décimo	X
11	once	undécimo/ onceno	onzavo/ onceavo	XI
12	doce	duodécimo/ doceno	dozavo/ doceavo	XII
13	trece	decimotercero/ treceno	trezavo/ treceavo	XIII
14	catorce	decimocuarto/ catorceno	catorceavo/ catorceavo	XIV
15	quince	decimoquinto/ quinceno	quinzavo/ quinceavo	XV
16	dieciséis	decimosexto	dieciseisavo	XVI
17	diecisiete	decimoséptimo	diecisieteavo	XVII
18	dieciocho	decimoctavo	dieciochoavo	XVIII
19	diecinueve	decimonoveno/ decimonono	diecinueveavo	XIX
20	veinte	vigésimo	veinteavo	XX
21	veintiuno	vigésimo primero	veintiunavo	XXI
22	veintidós	vigésimo segundo	veintidòsavo	XXII
23	veintitrés	vigésimo tercero	veintitresavo	XXIII
24	veinticuatro	vigésimo cuarto	veinticuatroavo	XXIV
25	veinticinco	vigésimo quinto	veinticincoavo	XXV
30	treinta	trigésimo	treintavo	XXX
31	treinta y uno	trigésimo primero	treinta y unavo	XXXI
40	cuarenta	cuadragésimo	cuarentavo	XL
50	cincuenta	quincuagésimo	cincuentavo	L
60	sesenta	sexagésimo	sesentavo	LX
70	setenta	septuagésimo	setentavo	LXX
80	ochenta	octogésimo	ochentavo	LXXX
90	noventa	nonagésimo	noventavo	XC
100	cien o ciento	centésimo	centavo/ céntimo	C
101	ciento uno	centésimo primero		CI
150	ciento cincuenta	centésimo quincuagésimo		CL
200	doscientos	ducentésimo		CC
300	trescientos	tricentésimo		CCC
400	cuatrocientos	cuadrigentésimo		CD

500	quinientos	quingentésimo	D
600	seiscientos	sexcentésimo	DC
700	setecientos	septingentésimo	DCC
800	ochocientos	octingentésimo	DCCC
900	novecientos	noningentésimo	CM
1.000	mil	milésimo	M
10.000	diez mil	diezmilésimo	$\overline{X}$
100.000	cien mil	cienmilésimo	$\overline{C}$
1.000.000	un millón	millonésimo	$\overline{M}$/I

NOTA: No existen los ordinales *decimoprimero* y *decimosegundo*. Por lo tanto, es incorrecto usarlos.

La numeración romana

La numeración romana, que actualmente se sigue empleando para indicar fechas, siglos, capítulos de libro, etc., utiliza siete letras que representan diferentes valores. Son éstas:

I = uno
V = cinco
X = diez
L = cincuenta
C = cien
D = quinientos
M = mil

Con estas letras combinadas se construyen los demás números, como hemos podido ver en la relación anterior.

Si a la derecha de una cifra se coloca otra igual o menor, el valor de la primera cifra se aumenta con el de la segunda:

X = 10 - XV= 15

Si a la izquierda de una cifra colocamos otra menor, el valor de ésta se resta de la cifra original:

X = 10 - IX= 9

La misma letra no se puede poner más de tres veces seguidas.

Forma incorrecta	*Forma correcta*
XXXX = 40	XL = 40

Las letras V, L y D no se pueden repetir.

Forma incorrecta	*Forma correcta*
VV = 10	X = 10

Una rayita encima de la letra indica tantos millares como unidades tenga la letra.

C = 100 - $\overline{C}$ = 100.000

Si son dos las rayitas que se colocan sobre la letra, ésta queda multiplicada por un millón.

$XX = 20$ - $\overline{\overline{XX}} = 20.000.000$

7.3. Vocabulario de términos de escritura dudosa

A

abacería
abad
abadejo
abajo
abalanzarse
abalorio
abanderar
abandonar
abanico
abaratar
abarcar
abarquillar
abarrotar
abastecer
abasto
abate
abatir
abdicar
abdomen
abecé
abecedario
abedul
abeja
abejorro
Abel
Abelardo
aberración
abertura
abestiado
abeto
abierto
abigarrado
Abisinia
abismo
abjurar
ablandar
ablativo
ablución
abnegar
abobado
abochornar
abofetear
abogar
abolengo
abolir
abollar
abombar
abominable
abominar
abonanzar
abonar
abordaje
abordar
aborrecer
abotonar
abotargarse
abovedar
abozalar
abra
Abraham
abrasar
abrazar
abrevar
abreviar
abrigar
abrillantar
abril
abrochar
abrumar
abrupto
absceso
ábside
absolución
absoluto
absolver
absorbente
abstemio
abstenerse
abstracción
abstracto
absuelto
absurdo
abuchear
abuelo
abúlico
abultar
abundar
abur
aburrir
abusar
abusivo
abyección
abyecto
acabar
acaecer
acariciar
acceder
accésit
acceso
accesorio
accidente
acción
acebo
acechar
acedera
aceite
acelerar
acelga
acémila
acendrado
acento
acepción
aceptar
acequia
acera
acerbo
acercar
acerico
acero
acérrimo
acertar
acertijo
acervo
acetato
acético
acíbar
acicate
acidez
ácido
acierto
acobardar
acoger
acondicionar
acongojar
aconsejar
acontecer
acorazar
acrecentar
acribar
acribillar
acrobacia
acróbata
activar
actriz
acusativo
adagio
Adalberto
adaptable
adaptar
adelgazar
además
adepto
aderezar
adherir
adhesión
adhesivo
adición
adivinar
adjetivo
adjunto
administrar
administrativo
admirable
admirativo
adobo
adocenar
adolecer
adolescencia
adopción
adoptar
adoptivo
adorable
adoración
adormecer
adquisición
aducir
advenedizo
advenimiento
adverbio
adversario
adversidad
advertencia
advertir
adviento
advocación
adyacente
aéreo
aeródromo
aeróstato
afable
afianzar
afición
afirmativa
afligir
afluir
afluyendo
agencia

agenda
agente
agigantar
ágil
agilidad
agio
agiotaje
agiotista
agitación
agitar
agobiar
agonizar
agraciado
agradecer
agravar
agraviar
agresivo
agujero
¡ah!
ahí
ahijar
ahínco
ahogar
ahondar
ahora
ahorcar
ahormar
ahorquillar
ahorrar
ahuecar
ahuesado
ahumar
ahuyentar
ajedrez
ajenjo
ajeno
ajiaceite
alabar
alabarda
alabastro
alacena
alambicar
alambique
alambre
Álava
alba
albacea
Albacete

albada
albahaca
Albania
albañal
albañil
albarán
albarda
albaricoque
Albarracín
albayalde
albedrío
albéitar
albérchigo
albergar
albergue
Alberique
Alberto
albino
Albión
albóndiga
albor
alborada
alborear
albornoz
alborotar
alborozar
albricias
Albufera
álbum
albúmina
albur
alcoba
alcohol
alcohólico
aldaba
aldabazo
aleluya
aleve
alevosía
alfabeto
alfombra
algarabía
algarroba
álgebra
Algeciras
álgido
alhaja
Alhama

Alhambra
alhelí *o* alelí
alhóndiga
alhucema
aligerar
aliviar
aljibe
almíbar
almirez
almizcle
almohada
almorzar
almuerzo
alternativa
alteza
altivez
altramuz
alubia
alucinación
alucinar
alumbrar
alumbre
alumno
alusivo
aluvión
Álvarez
Álvaro
alveolo *o*
alvéolo
alzar
amabilidad
amable
amanecer
amasijo
amazona
ámbar
Amberes
ambición
ambiente
ambiguo
ámbito
ambos
ambrosía
Ambrosio
ambulancia
ambulante
amenaza
amenizar

amnistía
amoníaco *o*
amoniaco
amortización
amortizar
amovible
amparar
ampliar
amplitud
ampolla
ánade
analfabeto
analogía
Andrés
anémona *o*
anemona
anexo
anfibio
anfibología
ángel
angina
anhelar
anhídrido
anhidro
Aníbal
Aniceto
animadversión
anís
aniversario
anochecer
anteayer
anteceder
antediluviano
antelación
anteojo
antevíspera
anticipar
antifaz
antigüedad
antiguo
antojo
ántrax
antropofagia
antropología
anunciar
anverso
anzuelo
apacentar

apacible
apaciguar
aparecer
apéndice
apercibir
aperitivo
apetecer
ápice
aplazar
apogeo
apología
apoplejía
apoyar
apreciar
aprehender
aprender
aprendiz
aprendizaje
aprensión
aprensivo
aprobación
aprobar
aprovechar
aproximación
aproximar
aptitud
apto
aquiescencia
Arabia
arancel
Aranjuez
arbitraje
arbitrar
arbitrariedad
arbitrario
arbitrio
árbitro
árbol
arcabuz
arcángel
arcediano
arcilla
arcipreste
archivar
Argel
Argelia
argentífero
argentino

argüir
armería
armonía
armonio
arpa
arpegio
arqueología
arrabal
arrebatar
arrebato
arrebol
arrebujar
arriba
arribar
arroba
arrojo
arrollar
arroyo
arroz
arzobispo
asaz
ascender
ascensión
Asdrúbal
aseveración
aseverar
asfixiar
asiduo
asimismo *o* así mismo
asociación
asociar
aspaviento
asta
astringente
astringir
astrología
astrólogo
Asunción
atajo
atalaya
atavío
atisbar
atizar
Atlántico
Atlas
atleta
atmósfera
atravesar
atrayente
atreverse
atribución
atribuido
atribuir
atribularse
atributo
atroz
audición
auditivo
auge
aullar
austríaco *o* austriaco
autobiografía
automóvil
autopsia
autorizable
autorización
autorizar
auxiliar
aval
avalancha
avance
avanzar
avaricia
avaro
avasallar
ave
avecindar
Avelino
avellana
avemaría
avena
avenencia
avenida
avenir
aventajar
aventar
aventurar
avergonzar
avería
averiguar
aversión
avestruz
avezar
aviación
aviar
avicultor
avidez
ávido
avieso
Ávila
Avilés
avío
avión
avisar
avispa
avivar
avizor
axioma
¡ay!
ayer
ayo
ayudar
ayunar
ayuntamiento
azabache
azada
azafrán
azahar
azar
ázoe
azogue
azorar
azotar
azote
azotea
Azpeitia
azúcar
azucena
azufre
azul
azumbre

B

bailar
Bailén
bajá
bajamar
bajar
bajel
bajeza
bala
bajada
baladí
balance
balancín
balandro
balanza
balar
balaustre *o* balaústre
Balbina
balbucear
Balcanes
balcón
baldar
balde
baldío
Baldomero
baldón
baldosa
Baleares
baliza
balneario
balón
balsa
bálsamo
Baltasar
Báltico
baluarte
ballena
ballesta
bambalina
bambú
banana
banasta
banca
banco
banda
bandeja
bandera
bandido
bando
bandolero
bandolina
bandurria
banquero
banqueta
banquete
banquillo
bañar
baptisterio
baqueta
bar
baraja
baranda
barato
barba
Bárbara
barbarismo
bárbaro
Barbastro
barbería
barbo
barcarola
Barcelona
barco
bario
barita
barítono
barniz
barómetro
barón
barquero
barquillo
barra
barrabasada
barraca
barranco
barreno
barrer
barrera
barrica
barricada
barriga
barril
barrio
barro
barrote
barullo
Bartolomé
báscula
base
Basilea
basílica
Basilio
Basilisa
basilisco

basta
bastante
bastar
bastardilla
bastardo
bastidor
bastimento
basto
bastón
bastonería
basura
bata
batacazo
batalla
batallón
batán
batería
batida
batidor
batir
batista
baturro
batuta
Baudilio
baúl
bauprés
bautismo
Bautista
bautizar
bávaro
Baviera
baya
bayeta
bayo
Bayona
bayoneta
baza
bazar
beato
Beatriz
beber
beca
becerro
becuadro
bedel
beduino
befa
begonia

Béjar
Belchite
beldad
Belén
beleño
belga
Bélgica
Belgrado
bélico
beligerante
belitre
bellaco
belladona
belleza
bello
bellota
bemol
bencina
bendecir
benedictino
beneficencia
beneficio
benéfico
benemérito
beneplácito
benevolencia
benévolo
bengala
Benicarló
benigno
Benítez
Benito
Benjamín
benjuí
benzoato
benzol
beodo
berbiquí
berenjena
Berga
bergamota
bergante
bergantín
Berlín
berlina
bermejo
bermellón
Bermeo

Berna
Bernabé
Bernardo
berrendo
berrinche
berro
Berta
besar
bestia
besugo
Betanzos
betún
bey
biberón
Biblia
bíblico
bibliografía
biblioteca
bicarbonato
bicicleta
bicho
biela
bien
bienestar
bienhechor
bienio
bienvenida
bifurcación
bifurcarse
bigornia
bigote
Bilbao
bilingüe
bilis
billar
billete
billón
bímano *o*
bimano
binóculo
binomio
biografía
biología
biombo
bípedo
biplano
birrete
birria

bis
bisabuelo
bisagra
bisel
bisiesto
bisílabo
bismuto
bisonte
bisturí
bisutería
bizantino
bizarro
bizco
bizcocho
biznieto
blanco
blandir
blando
Blas
blasfemia
blasón
blindaje
blindar
blonda
bloque
bloquear
blusa
boa
boardilla
boato
bobina
bobo
boca
boceto
bocina
bocoy
bochorno
boda
bodega
bofetada
boga
bogar
Bogotá
Bohemia
bohío
boina
boj
bol

bolchevique
boleta
boletín
boliche
bólido
bolillo
Bolivia
boliviano
Bolonia
bolsa
bolsillo
bollo
bomba
bombardino
Bombay
bombilla
bombo
bombón
bonachón
bonaerense
bonanza
bondad
bonete
Bonifacio
bonificar
bonito
bono
boquerón
boquete
boquilla
bórax
borbotón
borceguí
bordar
borde
bordo
bordón
boreal
Borgoña
bórico
borla
borne
boro
borra
borracho
borrador
borraj
borraja

borrar
borrasca
borrego
borrico
bosque
bosquejar
bostezar
bota
botadura
botaruego
botánica
botar
botarate
bote
botella
botero
botica
botijo
botillería
botín
botina
botón
bóveda
bovino
boxear
boya
boyero
bozal
bozo
bracero
bramante
bramar
branquia
brasa
bravata
bravío
bravo
braza
brazal
brazalete
brazo
brea
brebaje
brecha
brega
breva
breve
breviario
bribón
brida
brigada
Brígida
brillar
brincar
brindar
brindis
brío
brioso
brisa
brizna
brocado
brocha
broche
broma
bromo
bromuro
bronca
bronce
bronquio
brotar
broza
bruja
brújula
bruma
bruñir
brusco
bruto
bucear
buche
bucle
Buenaventura
bueno
buey
búfalo
bufanda
bufete
bufón
buhardilla
búho
buhonero
buitre
bujía
bula
bulbo
bulto
bulla
bullicio
buñuelo
buque
burbuja
burdo
burgués
buril
burla
burocracia
burro
bursátil
buscar
busto
butaca
buzo
buzón

C

cabal
cabalgar
caballería
caballero
caballo
cabaña
cabecear
cabecera
cabecilla
cabello
cabe
cabestrillo
cabestro
cabeza
cabida
cabila
cabildo
cabizbajo
cable
cabo
cabotaje
cabra
cabrestante
cacahuete
cacao
cacería
cacerola
cacique
cachaza
cachivache
cadáver
Cádiz
café
caído
cajero
cajetilla
cajetín
cajista
calabaza
calabozo
Calahorra
calambre
calavera
calcetín
calcinar
cálculo
calefacción
calibre
calificar
Calixto
cáliz
calmar
calumniar
calva
calvario
calvicie
calzada
calzar
calzón
callar
calle
cambiar
camisería
cancelar
canciller
canción
caníbal
canje
canon
canonjía
cántara
cantatriz
cántiga *o* cantiga
cañamazo
cañaveral
caoba
caolín
capacidad
caparazón
capataz
capazo
capítulo
carabela
carabina
carácter
caracteres
¡caramba!
carambola
caravana
carbón
carbonato
carbono
carburo
cárcel
cardíaco *o* cardiaco
carecer
carey
Caribe
caricia
caries
caritativo
cariz
Carlos
Carmen
carnaval
carniceria
carnívoro
carroza
cartabón
Cartagena
cartaginés
cascabel
casquivano
castizo
catecismo
caterva
catorce
cauce
cautivar
cava
cavar
caverna
cavidad
cayado

Cayetano
caza
cazuela
cebada
cebo
cebolla
cebra
cecear
cedazo
ceder
cedro
cédula
cefalalgia
céfiro
cegar
ceja
celada
celador
celaje
celar
celda
celebrar
célebre
celeste
célibe
celo
celosía
célula
celulosa
cementerio
cemento
cena
cencerro
cenefa
cenit
cenital
ceniza
censo
censor
censura
centavo
centella
centena
centeno
centimano
céntimo
centinela
central
centrífugo
ceñir
cepa
cepillo
cera
cerámica
cerca
cercar
cerciorar
cerdo
cereal
cerebro
ceremonia
cereza
cerilla
cerner
cernícalo
cero
cerrajero
cerrar
cerro
cerrojo
certamen
certero
certeza
certificar
cerveza
cerviz
cesar
César
cesión
césped
cesto
cetro
cicatriz
ciclista
ciclo
ciclón
cidra
ciego
cielo
cien
ciencia
cieno
cierre
cierto
ciervo
cifra
cigarra
cigüeña
cilindro
cima
cimentar
cinc *o* zinc
cincel
cinco
cincuenta
cinegético
cínico
cinta
ciprés
circo
círculo
circunstancia
circunvalación
cirio
ciruela
cirugía
cirujano
cisne
cisterna
cita
citar
cítara
cítrico
ciudad
cívico
civil
civilización
cizalla
cizaña
claraboya
clavar
clave
clavel
clavícula
clavija
clavo
clohídrico
club
clueca
coadjutor
coalición
cobalto
cobarde
cobertizo
cobijar
cobre
cocer
cocina
codiciar
codicilo
codorniz
coeficiente
coger
coherencia
cohesión
cohesivo
cohete
cohibir
cohombro
coincidir
cojear
cojín
colaborar
colectividad
colectivo
colega
colegio
colegir
coligarse
Colombia
colombófilo
colonizar
columna
columpio
collar
comba
combate
combinar
combustible
comenzar
comerciar
comitiva
compaginar
comparecencia
compás
compasivo
compatibilidad
complacer
complexión
completo
cómplice
comprensible
compresible
comprobar
compungirse
cómputo
concavidad
cóncavo
concebir
conceder
concentrar
concéntrico
concepción
concepto
concertar
concertista
concesión
conciencia
concienzudo
concierto
concilio
concisión
conclave *o*
cónclave
concluyente
condescender
condición
condiscípulo
cóndor
conductibilidad
conexión
confabular
confidencial
confitería
congelar
congeniar
congénito
congestión
conjetura
conjunción
conmoción
conmover
conmutación
connivencia
consabido
consciente
consecución
consejero
conserje
conservar

consola
constitución
consunción
contabilidad
contagio
contexto
contingencia
continuo
contrabajo
contrabando
contrahecho
contraje
contravención
contraveneno
contrayente
contribución
contribuir
controversia
convalecer
convencer
convención
convenir
convento
convergente
conversación
convertir
convexo
convicción
convicto
convidar
convincente
convivir
convocar
convoy
convulsión
cónyuge
cooperativa
coraje
coraza
corazón
corbata
corbeta
corcel
correaje
correctivo
corregir
correlativo
correligionario
corretaje
corroborar
corrosivo
corrupción
corsetería
corteza
corva
corveta
corzo
cotizar
coyuntura
creer
criba
cronología
crucero
crujir
cuadragésimo
cuadrumano *o*
cuadrúmano
cuadrúpedo
cualitativo
cuantitativo
cuarentavo
cuarzo
cubierto
cubilete
cúbito
cubo
cucúrbita
cuello
cuentahilos
cuervo
cueva
cuévano
culebra
culpabilidad
cultivar
curativo
curva
cuyo

CH

chabacano
chacina
chancear
chanza
chapucero
chaval
chillar
chimpancé
chirimoya
chirivía
chivo
chocolatería
chorizo
choza
chubasco
chumbera
chumbo
chuzo

D

dádiva
Darío
dativo
debajo
debatir
deber
débil
débito
decagramo
decalitro
decámetro
decena
decencia
decepción
decidir
decigramo
decilitro
decímetro
decir
decisión
decisivo
declive
defensivo
deficiencia
déficit
definición
definitivo
defunción
degenerar
deglución
dehesa
deleznable
deliberar
delicioso
demolición
demostrativo
depravar
depreciación
depresivo
derivar
derribar
derrumbar
desagravio
desahogar
desahuciar
desaprobar
desaprovechar
desarbolar
desautorizar
desavenencia
desavío
desayuno
desazón
desbancar
desbandada
desbarajuste
desbaratar
desbarrar
desbastar
desbocar
desbordar
desbrazar
descabellar
descalzar
descender
descentralizar
descentrar
descerrajar
descifrar
desclavar
desconcertar
desconocer
descorazonar
descoyuntar
describir
desvarío
desvelar
desvelo
desvencijar
desventaja
desventura
desvergüenza
desvío
desvirtuar
desvivirse
devanar
devastar
devengar
devoción
devolución
devolver
devorar
devoto
devuelto
dextrina
dibujar
Díez
diez
digerir
digestivo
digital
dígito
dije
diligencia
dilución
diluvio
diminutivo
dinamo *o*
dínamo
dirigir
discernir
disciplina
discípulo
disconforme
disentería
disolver
dispositivo
distintivo
distraído
distribuir
distributivo
disturbio
disyuntiva
ditirambo
diva
divagar
diván
divergencia

diversidad
diversión
divertir
dividir
divieso
divino
divisa
divisar
divisibilidad
divisible
divorciar
divulgar
doblar
docente
dolmen
donativo
doncella
dubitativo
dúo

E

ebanista
ébano
ebonita
ebullición
efectividad
efervescencia
eficaz
eficiente
efigie
efluvio
egipcio
Egipto
egregio
¡eh!
Eibar
eje
ejecución
ejecutivo
elaborar
elegía
elegir
Elena
elevación
elevar
elixir *o* elíxir
elogio
Eloísa
Elvira
ello
embadurnar
embajada
embalaje
embalar
embaldosar
embalsamar
embalsar
embarcación
embarcar
embargar
embarrancar
embaucar
embeleso
embellecer
embestir
embetunar
emblanquecer
emblema
embobar
embolia
émbolo
emboquillar
emborrachar
emboscada
emboscar
embotar
embotellar
embozar
embravecer
embriagar
embrión
embrocación
embrollar
embrujar
embrutecer
embuchar
embudo
embuste
embutir
emerger
emisión
emoción
empavesar
empezar
emplazar
empobrecer
empolvar
emponzoñar
empuje
enaguas
enajenar
enarbolar
encabezar
encaje
encalabrinar
enciso
enclavar
encoger
encorvar
encubierto
encumbrar
endosmosis *o* endósmosis
energía
enervar
enfermizo
enflaquecer
enfurecer
engarzar
engendrar
englobar
enhorabuena
enhoramala
enhornar
enjabonar
enjaezar
enjambre
enjaretar
enmohecer
enmudecer
ennegrecer
ennoblecer
enrevesado
enriquecer
enrojecer
ensayar
entibiar
entrambos
entrever
enturbiar
envainar
envalentonar
envanecer
envasar
envejecer
envenenar
enviar
envidia
envilecer
envío
enviudar
envolver
epigrama
epíteto
equipaje
equitativo
equivalencia
equivocar
erigir
ermita
erupción
eruptivo
esbelto
esbirro
esbozo
escabeche
escabel
escabroso
escabullirse
escalofrío
escamotear
escandinavo
escarabajo
escarbar
escarmentar
escaso
esclarecer
esclavo
esclusa
escoba
escocer
escoger
escombro
esconder
escribir
escrúpulo
escrutinio
escuadra
escurrir
eslabón
espanto
esparcir
espectro
especular
especulativo
espejismo
espera
esperanza
espeso
espía
espiar
espiral
espirar
espíritu
espléndido
esplendor
espliego
espolvorear
espontáneo
espuma
esquivar
estabilidad
establecer
estambre
Esteban
esterilizar
estiba
estibar
estiércol
estigma
estirpe
estival
estorbar
estrambótico
estrangular
estratagema
estrategia
estratosfera
estrechar
estrella
estremecer
estreñir
estrépito
estribación
estribillo
estribo
estribor
estricnina
estricto

estridente
estructura
estruendo
estrujar
estupor
etimología
etiope *o* etíope
etnología
evacuar
evadir
evangelio
evaporar
Evaristo
evasión
evasiva
evento
eventual
evidencia
evitar
evocar
evolución
exacción
exactitud
exacto
exagerar
exaltar
examen
exánime
exasperar
excavación
excavar
exceder
excelente
excelso
excéntrico
excepción
exceptuar
excesivo
exceso
excitar
exclamar
excluir
exclusivo
excomulgar
excoriación
excursión
excusa
excusable
excusar
exención
exento
exequias
exequible
exhalación
exhalar
exhausto
exhibir
exhortar
exhorto
exhumación
exhumar
exigente
exigir
exigüidad
exiguo
exilio
eximir
existencia
existir
éxito
éxodo
exonerar
exorbitante
exorcismo
exorcizar
expensas
experiencia
experto
expiación
expiar
expirar
explanada
explanar
explayar
explicación
explicar
explicativo
explícito
exploración
explorar
explosión
explosivo
explotación
expoliación
exponente
exponer
exportar
exposición
expósito
expresar
expreso
exprimir
expropiación
expropiar
expugnar
expulsar
expurgar
exquisito
extasiarse
éxtasis
extemporáneo
exordio
exosmosis *o*
exósmosis
exótico
expansión
expansivo
expatriación
expectación
expectativa
expectorar
expedición
expediente
expedir
expedito
expeler
expendedor
expender
extender
extensión
extensivo
extenso
extenuar
exterior
exteriorizar
exterminar
externo
extinción
extinguir
extinto
extirpar
extorsión
extra
extracción
extractar
extradición
extraer
extrajudicial
extralimitarse
extramuros
extranjero
extrañar
extraordinario
extravagancia
extravasarse
extraviar
extremado
Extremadura
extrenar
extremaunción
extremeño
extremidad
extremo
extrínseco
exuberancia
exudar
exvoto
Ezequiel

F

fábrica
fábula
faccioso
faceta
facial
fácil
facineroso
facistol
factor
facultad
facultativo
falange
falibilidad
fallar
fallecer
fallido
fallo
faringe
fascinación
favor
favorable
favorito
faz
febrífugo
febril
fehaciente
Feijoo
Félix
feliz
fémur
fenecer
fénix
feracidad
feraz
ferocidad
feroz
ferruginoso
fértil
ferviente
fervor
festividad
festivo
fibra
ficción
fiebre
fijeza
Filiberto
filibustero
fitología
filoxera
fingir
fisiología
flagelar
flamígero
flexibilidad
flexible
flojear
florescencia
fluctuar
fluido
fluvial
follaje
folleto
fonología
forcejar
forcejear
forraje
forzar
fosforescencia

fotogénico
fotograbado
frágil
frambuesa
frenología
frío
frivolidad
frívolo
fuelle
fugitivo
Fulgencio
fulgente
funámbulo
furibundo
furtivo
fútbol

G

gabán
gabardina
gabela
gabinete
gacela
gaceta
gacetilla
galbana
galicismo
galvanismo
gallardo
gallego
galleta
gallina
gallo
ganzúa
garabato
garbanzo
garbo
García
garza
gastralgia
gaveta
gavilán
gavilla
gaviota
gavota
gazapo
gazmoñería
gaznápiro
gaznate
gazpacho
gelatina
gema
gemelo
gemir
genciana
gendarme
generación
general
género
generosidad
génesis
genio
genitivo
genovés
Genoveva
gente
gentil
genuflexión
genuino
geodesia
geografía
geometría
geranio
Gerardo
gerencia
gerente
Germán
germánico
germano
germen
germinar
Gerona
Gertrudis
gerundense
gerundio
Gervasio
gesticular
gestionar
gesto
gestor
giba
Gibraltar
gigante
Gijón
Gil
gimnasia
Ginebra
Ginés
Giralda
girasol
girar
giro
gitano
gladíolo *o* gladiolo
gleba
glicerina
globo
glóbulo
gnomo *o* nomo
gobernar
gobierno
gobio
Gómez
González
gorjeo
grabador
grabar
gracejo
gragea
granizo
granjear
grava
gravamen
gravar
grave
gravedad
gravitar
gravoso
Guadalquivir
guajira
guardapolvo
guarecer
guarnecer
guarnición
guayaba
gubernativo
Gustavo
guzla

H

ha
haba
Habana
haber
habichuela
hábil
habilidad
habilitar
habitación
habitar
hábito
habitual
habituar
hablar
hacendado
hacendoso
hacer
hacia
hacienda
hacinar
hacha
hache
hada
hado
¡hala!
halagar
halagüeño
halcón
halconero
halo
hallar
hallazgo
hamaca
hambre
Hamburgo
hampa
haragán
harapo
harina
Haro
harpillera *o* arpillera
hartar
hartazgo
hasta
hastío
haz
haza
hazaña
hazmerreír
hebilla
hebra
hebreo
hecatombe
hectárea
hectogramo
hectolitro
hectómetro
Héctor
hechicero
hecho
hechura
heder
hediondo
hedor
hegemonía
helar
helecho
helénico
hélico
Heliodoro
helioterapia
heliotropo
helvético
hembra
hemiciclo
hemiplejía *o* hemiplejia
hemisferio
hemorragia
henchir
hender
heno
hepático
heptágono
heptasílabo
heraldo
herbívoro
herbolario
herboristería
hercúlo
Hércules
heredad
heredar
hereje
herencia
Heriberto
herir

hermandad
hermano
Hermenegildo
hermético
Herminio
hermoso
Hernández
hernia
héroe
heroicidad
heroico
heroísmo
herpe
herrador
herradura
herraje
herramienta
herrar
herrería
herrero
hervir
heterogéneo
hexaedro
hexágono
hexasílabo
hidalgo
hidalguía
hidra
hidráulico
hidrófilo
hidrófobo
hidrógeno
hidroplano
hidroterapia
hiedra
hiel
hielo
hiena
hierba
hierro
hígado
higiene
higiénico
Higinio
higo
higrómetro
higuera
hijastro
hijo
hila
hilar
hilaridad
Hilario
hilaza
hilera
hilo
hilván
hilvanar
himno
hincapié
hincar
hinchar
hinchazón
hinojo
hipérbaton
hipérbola
hipérbole
hipertrofia
hípico
hipnotismo
hipo
hipocondriaco *o* hipocondríaco
hipocondrio
hipocresía
hipodérmico
hipódromo
hipofosfito
hipogástrico
hipogeo
Hipólito
hipopótamo
hiposulfito
hipoteca
hipotenusa
hipótesis
hirviente
hisopo
Hispania
hispano
histérico
historia
hocico
hogaño
hogar
hogaza
hoguera
hoja
hojalata
hojalatero
hojaldre
hojarasca
hojeada
hojear
¡hola!
Holanda
holandés
holgado
holgar
holgazán
holgorio
holgura
holocausto
hollar
hollín
hombre
hombrera
hombro
homenaje
homeópata
homeopatía
homeopático
homicidio
Homobono
homogéneo
homólogo
homónimo
honda
honestidad
honesto
hongo
honor
honorable
honorario
Honorato
Honorio
honradez
honrar
hora
horadar
horca
horcajadas
horchata
horizontal
horizonte
horma
hormiga
hormigón
hornero
hornillo
horno
horóscopo
horquilla
horrendo
horrible
horripilante
horripilar
horror
horroroso
hortaliza
hortelano
hortensia
hortera
horticultor
horticultura
hospedaje
hospedar
hospicio
hospital
hospitalario
hospitalidad
hostería
hostia
hostigar
hostil
hostilidad
hotel
hoy
hoyo
hoz
hucha
hueco
huelga
Huelva
huella
huérfano
huerta
Huesca
hueso
huésped
huevo
Hugo
huida
huir
hule
hulla
humanidad
Humberto
humear
humedad
húmedo
húmero
humildad
humillar
humo
humor
hundir
húngaro
Hungría
huno
huracán
huraño
hurón
¡hurra!
hurtadillas
hurtar
húsar
husmear
huso
¡huy!

I

Iberia
ibérico
ibero *o* íbero
Ibiza
ignición
ilegible
ilegítimo
imagen
imaginar
imbécil
imberbe
imbuir
impaciencia
imparcial
impasible
impávido
impenetrable

imperativo
imperdible
impermeable
imperturbable
implícito
imposibilidad
imprescindible
imprevisto
ímprobo
improcedente
improvisar
improviso
improvisto
impugnar
impulsivo
inaccesible
inactivo
inadvertido
inamovible
inanición
inapelable
inapreciable
inaudito
inclusive
incoherencia
incombustible
incomparable
incomprensible
inconcebible
inconsciente
incontrovertible
inconveniente
incorregible
incubar
incumbencia
indígena
indigencia
indigesto
individuo
indiviso
indulgencia
Inés
inexorable
inexpugnable
inextinguible
inflexible
influido
infringuir
ingenio
ingenuidad
ingenuo
inhábil
inhabitable
inhalación
inhalar
inherente
inhibir
inhospitalario
inhumano
inhumar
injerencia
injerir
injertar
injerto
inmóvil
innovación
inscribir
insolvencia
instancia
instructivo
instruido
inteligencia
inteligible
intemperie
ínterin
interjección
intervalo
intoxicación
intoxicar
invadir
inválido
invencible
inventar
inventario
invernáculo
invertir
investigar
invicto
invierno
invitar
invocar
involucrar
inyección
inyectar
irreflexivo
irrupción
istmo

J

jabalí
jabato
jabón
Jacinto
jarabe
Játiva
Javier
jefe
Jenaro
jengibre
jerarquía
Jeremías
Jerez
jerga
jergón
jerigonza
jeringa
jeroglífico
Jerónimo
jersey
Jerusalén
Jesucristo
Jesús
jícara
Jijona
jilguero
jinete
jipijapa
jirafa
Jorge
joroba
joven
jovial
joya
jubileo
júbilo
jubón
juego
jueves
juez
jugar
juvenil
juzgar

K

kilo
kilogramo
kilolitro
kilométrico
kilómetro

L

laberinto
labio
labor
laboratorio
labrador
lacayo
Lamberto
lampistería
laringe
laringoscopia
larva
lavabo
lavar
lavativa
laxante
laxar
lebrillo
legible
legión
legislación
legislar
legislativo
legitimar
legitimidad
legítimo
lejía
lencería
lenguaje
lenitivo
levadizo
levadura
levantar
levante
levita
léxico
lexicología
leve
ley
leyenda
lezna
libélula
liberal
libertad
librería
lienzo
ligero
limítrofe
linaje
lío
Lisboa
litigio
liturgia
liviano
lívido
lobo
lógica
longevidad
longitud
López
lotería
Luis
lumbre
luxación

LL

llaga
llama
llamar
llamarada
llamativo
Llanes
llano
llanta
llave
llegar
lleno
llevar
llover
lloviznar
lluvia

M

macizo
magia

mágico
magín
magisterio
magistrado
magistral
magistratura
magnesia
magnetizar
magnificencia
mahometano
Mahón
maíz
majestad
majestuoso
malbaratar
malévolo
malhechor
malherir
malhumorado
malhumor
malva
malvado
malvasía
malvavisco
malversar
malla
mancebo
mandíbula
maquiavélico
marabú
maravilla
margen
mármol
Martínez
masaje
mástil
Matías
mausoleo
maxilar
máxima
máxime
Maximiliano
máximo
máximum
mayal
mayo
mayor
mayoral
mayorazgo
mayordomo
mayoría
mayúscula
meditabundo
médula
Mejía
Méjico *o*
México
mejilla
mellizo
meninge
menoscabo
mensaje
mercería
metalurgia
metamorfosis
meteorología
microbio
mimbre
mineralogía
milla
millón
mío
misiva
mitología
mixto
mixtura
mnemotecnia *o*
nemotecnia
mobiliario
mohín
mohíno
moho
mojicón
mojiganga
mollar
molleja
monje
monstruo
mórbido
morbo
moribundo
morigerar
motivar
motivo
mover
movible
móvil
movilidad
movimiento
mozalbete
mueble
mugir
mujer
mullido
mutuo

N

nabab
nabo
naranja
nativo
naufragio
nauseabundo
navaja
nave
navegar
Navidad
naviero
navío
neblina
nebuloso
necedad
negativo
negligencia
neologismo
neoyorquino
nervio
neuralgia
nevar
neumonía
niebla
nieve
nitrógeno
nivel
níveo
nizardo
nobiliario
nocivo
noctámbulo
nombre
nominativo
nonagésimo
Norberto
nostalgia
notabilidad
notable
novato
novecientos
novedad
novel
novela
novena
noventa
noviazgo
novicio
noviembre
novillo
novio
novísimo
nubarrón
nube
nublado
nueve
nuevo
nupcial

O

obcecación
obedecer
obelisco
obertura
obesidad
óbice
obispo
objeción
objetar
objetivo
objeto
oblea
oblicuo
obligación
obligar
oblongo
oboe
óbolo
obra
obrero
obsceno
obscuro *u*
oscuro
obsequio
observar
obsesión
obstáculo
obstrucción
obtener
obturador
obtuso
obús
obvia
océano
octavo
octogenario
octogésimo
ochavo
ochocientos
odontología
odontólogo
ofensiva
oftalmía
¡oh!
oído
oír
ojal
¡ojalá!
ojeada
ojear
ojeriza
ojeros
ojete
ojiva
ojival
ojo
olimpiada *u*
olimpíada
olivo
olvido
olla
ómnibus
omoplato *u*
omóplato
ónix, ónice *u*
ónique
opción
opresivo
oprobio
optar
óptica

óptimo
orbe
órbita
orgía
origen
original
Orihuela
Orotava
orquídea
orujo
orzuelo
osmosis *u* ósmosis
ovación
oval
óvalo
oveja
ovillo
oxidar
óxido
oxígeno
oyente
ozono

P

pabellón
página
país
paisaje
paje
pajizo
panadería
panegírico
papagayo
papelería
papiro
parabién
parábola
Paraguay
paraje
paralelogramo
pararrayos
París
paroxismo
partitivo
párvulo
pasaje
pasivo
patología
patrulla
pava
pavana
pavimento
pavor
payaso
pebetero
peciolo *o* pecíolo
pedadogía
pelícano
peluquería
pellejo
pellizco
pentagrama *o* pentágrama
perborato
percebe
percibir
perdiz
perejil
Pérez
perfumería
periferia
periodo *o* período
perito
peritoneo
perpetuo
perseverancia
perseverar
personaje
perspectiva
persuasivo
perturbar
perversidad
perverso
pervertir
piamadre
pie
pillaje
pillo
pío
plagio
plebe
plebeyo
plebiscito
pleito
plombagina
pluvial
pluvímetro *o* pluviómetro
población
pobreza
policromo
poligloto *o* polígloto
polisílabo
polvo
pólvora
pollo
Pontevedra
porvenir
posesivo
posibilidad
posible
positivo
preámbulo
prebenda
preboste
precaver
prehistórico
prejuzgar
preparativo
prerrogativa
presagiar
presbicia
présbita
presbítero
prescribir
preservar
prestidigitador
prestigio
presuntivo
pretexto
prevalecer
prevención
prevenir
prever
previo
previsor
previsto
primavera
primitivo
primogénito
privación
privanza
privar
privativo
privilegio
probabilidad
probar
probidad
problema
probo
prodigio
productivo
profilaxis
progenitor
progresivo
prohibición
prohibir
prohijar
prohombre
prójimo
promover
proscribir
proteger
protuberancia
provecho
proveer
provenir
proverbio
providencia
provincia
provisión
provisional
provisor
provisto
provocar
provocativo
proximidad
próximo
proyectar
proyectil
presagiar
presbicia
présbita
presbítero
prescribir
preservar
prestidigitador
prestigio
presuntivo
pretexto
prevalecer
prevención
prevenir
prever
previo
previsor
previsto
primavera
primitivo
primogénito
privación
privanza
privar
privativo
privilegio
probabilidad
probar
probidad
problema
probo
prodigio
productivo
profilaxis
progenitor
progresivo
prohibición
prohibir
prohijar
prohombre
prójimo
promover
proscribir
proteger
protuberancia
provecho
proveer
provenir
proverbio
providencia
provincia
provisional
provisor
provisto
provocar
provocativo

proximidad
próximo
proyectar
proyectil
proyecto
prueba
psicología
psíquico
publicar
publicidad
público
pueblo
pues
pugilato
pulverizar
pungitivo
pupilaje
pupitre

Q

quebrantar
quebranto
quebrar
quechua
quehacer
quejido
quepis
querubín
¡quia!
quilla
quimera
quimono
quincallería
quince
quincuagésimo
quiosco
quiromancia *o* quiromancía
quirúrgico
quizá

R

rabadán
rábano
rabia
rabo
raíz
rallar
rapapolvo
raya
rayar
rayo
razonable
reactivo
rebajar
rebanada
rebaño
rebasar
rebatir
rebato
rebelarse
rebelde
rebelión
reblandecer
reborde
rebosar
rebotar
rebotica
rebozar
recabar
recambio
receptáculo
receptor
recibir
recobrar
recoger
reembolsar *o* rembolsar
reemplazar *o* remplazar
reflexión
reflexivo
refrigerio
refugio
refulgente
regencia
regentar
regidor
régimen
regimiento
regio
región
regir
registrar
rehabilitar
rehacer
rehén
rehogar
rehuir
rehusar
reír
reivindicar
rejilla
rejuvenecer
relativo
relevar
relieve
religión
reloj
relojería
rellenar
Remigio
remover
renovar
reprobar
réprobo
repulsivo
resabio
resbalar
reservar
residuo
resolutivo
resolver
respectivo
respetabilidad
responsabilidad
resquebrajar
restablecer
restringir
resumen
resurgir
retahíla
retribución
retribuir
retroactivo
retumbar
reuma *o* reúma
revalidar
revancha
revelar
revender
reventar
reverbero
reverdecer
reverencia
reverendo
reverso
revés
revestir
revisar
revista
revivir
revocar
revolcarse
revolcón
revoltoso
revolución
resolver
revólver
revoque
revuelco
revuelo
revuelto
revulsión
revulsivo
rey
reyerta
ribera
ribete
rigidez
Rigoberto
río
rioplatense
rivera
róbalo
robar
Roberto
roble
robo
robusto
rodaballo
Rodríguez
Rogelio
rojizo
rollizo
rollo
rombo
ron
rotativo
rubí
rubicundez
rubio
rubor
rúbrica
rugir
ruibarbo
ruido
Ruiz
rumbo

S

sábado
sábana
sabana
sabandija
sabañón
saber
Sabino
sable
sabor
sabotaje
sabroso
sacrilegio
sagitario
saliva
salmodia
salobre
salva
salvado
salvaje
salvar
salve
salvedad
Sánchez
sargento
sastrería
saúco
savia
saya
Sebastián
sebo
Segismundo
Segorbe
Segovia
selva
selvático

sellar
semblante
semblanza
sembrar
semoviente
sensitiva
septiembre *o*
setiembre
septuagésimo
Sergio
Servando
servidumbre
servil
servilleta
servio
servir
Severiano
severidad
Sevilla
sexagenario
sexagésimo
sexo
sexto
siderurgia
siervo
sigilo
sílaba
silbar
silbato
silogismo
Silverio
silvestre
Silvina
silla
símbolo
sintaxis
sinvergüenza
sirviente
Sixto
sobaco
sobar
soberano
soberbia
sobornar
sobrevenir
sobrevivir
sobrio
sociología
solvencia
solventar
solvente
sollo
sollozar
sombra
sombrerería
sombrío
somnolencia
sonámbulo
sorber
sorbete
sorbo
sotabanco
suave
suavizar
subalterno
subasta
subdivisión
subir
subjuntivo
sublevar
submarino
subordinar
subrayar
subsanar
subscribir
subscripción
subsidio
substancia
substitución
subterfugio
suburbio
subvención
subvenir
subversivo
subyugar
sucesivo
sucumbir
sufragio
sugerir
sujeción
sujetar
sujeto
sulfhídrico
sumergir
superávit
superfluo
superlativo
superstición
surgir
susceptible
suscripción
suspensivo
sustantivo
suyo

T

tabaco
taberna
tabernáculo
tabique
tabla
tabular
taburete
tahalí
tahona
tala
talle
taller
tallo
tambalear
también
tambor
tangente
tangible
tarjeta
taxímetro
tecnología
tejer
temblar
teología
tergiversar
textil
texto
tibia
tiburón
tifoidea
tijera
timbre
tío
titubear
toalla
tobillo
tocayo
todavía
tonelaje
tórax
torbellino
torticolis *o*
tortícolis
tóxico
traba
trabajar
trabar
trabuco
tragedia
trágico
traje
trajín
transeúnte
transigir
transitivo
transversal
tranvía
travesaño
travesía
travesura
travieso
trayecto
trébol
tribu
tribulación
tribuna
tribunal
tributo
trigésimo
trillar
trisagio
triunvirato
trivial
tromba
trombón
trova
trovador
truhán
tubérculo
tubería
tubo
tubular
tumba
turba
turbante
turbar
turbina
turbio
turbonada
turbulento
turrón
tuyo

U

ubicuidad
¡uf!
ujier
úlcera
ultratumba
umbral
umbría
ungüento
universidad
universo
urbanidad
urbanizar
urbano
urgencia
Uruguay
uso
usura
útil
uva
uxoricidio

V

vaca
vacación
vacante
vaciador
vaciar
vacilación
vacío
vacunar
vacuno
vado
vagar
vaguedad
vahído
vaho

vaina
vainilla
vaivén
vajilla
vale
valedero
valentía
Valentín
valer
valeriana
Valerio
valeroso
valía
validez
válido
valiente
valija
valor
vals
valuar
válvula
valla
valle
vampiro
vanagloria
vándalo
vanguardia
vanidad
velludo
vena
venado
Venancio
vencejo
vencer
venda
vendaje
vendaval
vender
vendimiar
veneno
venerable
venerar
venganza
vengar
vengativo
venia
venir
venoso
venta
ventaja
ventana
ventarrón
ventear
ventero
ventilación
ventilar
ventisquero
ventolera
ventorro
ventosa
ventrílocuo
ventura
ver
veracidad
verano
veraz
verbena
verbigracia
verbo
verbosidad
verdad
verde
verdugo
verdura
vereda
veredicto
verga
vergel
vergonzante
vergüenza
verídico
verificar
verja
vermífugo
verosímil
verruga
versar
versículo
versión
verso
vértebra
vertebrado
verter
vertical
vértice
vertiente
vertiginoso
vértigo
vespertino
vestal
vestíbulo
vestigio
vestir
veterano
veterinario
veto
vetusto
vez
vía
viable
viaducto
viajante
viaje
vianda
viandante
viático
víbora
vibración
vibrar
vicaría
vicario
vicealmirante
vicecónsul
Vicente
vicepresidente
vicerrector
vicesecretario
viceversa
vicio
vicisitud
víctima
Víctor
Victoria
victoriano
vicuña
vid
vidente
vidrio
viejo
viento
vientre
viernes
viga
vigente
vigésimo
vigía
vigilancia
vigilante
vigilar
vigilia
Vigo
vigor
vihuela
vil
vileza
vilipendio
villa
villancico
villano
villorrio
vinagre
vincular
vínculo
vindicar
vindicativo
vino
viña
viñeta
viola
violáceo
violado
violencia
violeta
violín
viraje
virar
virgen
Virgilio
virolento
virrey
virtud
viruela
virulencia
viruta
vis
visaje
visar
víscera
visco
viscoso
visera
visible
visigodo
visión
visionario
visir
visita
visivo
vislumbrar
viso
víspera
vista
vistazo
vistoso
visual
vital
vitela
vitorear
Vitoria
vítreo
vitrina
vitriolo
vitualla
vituperable
viudez
viudo
¡viva!
vivacidad
vivamente
vivaracho
víveres
vivero
viveza
vivienda
viviente
vivificar
vivir
vivo
vizcaíno
Vizcaya
vizconde
vocablo
vocabulario
vocación
vocal
vocalizar
vocativo
vocear
vociferar
vocinglero
volante

volar
volatería
volátil
volatilizar
volcán
volcar
voltaje
voltear
voltímetro
voltio
voluble
volumen
voluntad
volver
vomitar
vomitivo
voracidad
voraz
vos
vosotros
votar
votivo
voto
voz
vuecencia
vuelco
vuelo
vuelto
vuestro
vulcanizar
vulgar
vulgaridad
vulnerable
vulnerar

X

xenófilo
xenofobia
xifoideo
xilófago
xilografía
xilórgano

Y

ya
yacer
yanqui
yantar
yarda
yegua
yelmo
yema
yermo
yerro
yesca
yeso
yo
yodo
yoduro
yugo
yugular
yunque
yunta
yute
yuxtaposición

Z

Zacarías
zafiro
zaga
zagal
zaguán
zaguero
zaherir
zambomba
zambra
zambullir
zanahoria
zancadilla
zanco
zancudo
zángano
zanja
zanjar
zapa
zapador
zapato
zar
zaragata
zaragüelles
zarcillos
zarpada
zarpar
zarpazo
zarza
¡zas!
zascandil
Zenón
zeta
zin *o* cinc
¡zis, zas!
zócalo
zoco
zodíaco
Zoilo
zona
zoología
zopenco
zoquete
zorcico
zorra
zorzal
zozobrar
zuavo
zueco
zulú
zumaque
zumbar
zumbido
zumo
zurcir
zurdo
zurrón
zutano

RESPUESTAS A LOS EJERCICIOS

1. La sílaba

1.4. ce-les-te; re-cla-ma; a-tle-ta (*o* at-le-ta); pers-pi-caz; obs-tá-cu-lo; glo-tón; sin; es-cla-vi-tud; sí-la-ba; o-re-ja; re-tra-so; pan; plu-ma; res-pi-ra; tlas-cal-te-ca; in-mu-ne; es-cla-vo; em-pla-zar; ha-bla; pez; a-gra-de-ci-do; po-dre-mos; Á-fri-ca; pro-ba-ble; a-flu-ye; cons-ter-na-do; a-yu-da; bre-ve; trans-for-ma-ban; con-si-de-ra-do.

1.5. *Ejercicio libre*

1.6. sin; pan; pez.

1.7. glotón; pluma; habla; breve.

1.8. celeste; reclama; atleta; perspicaz; sílaba; oreja; retraso; respira; inmune; esclavo; emplazar; podremos; África; probable; afluye; ayuda.

1.9. obstáculo; esclavitud; tlascalteca; consternado; transformaban.

1.10. agradecido; considerado.

1.11. *Ejercicio libre*

1.13. des-e-char *o* de-se-char; mal-es-tar *o* ma-les-tar; nos-o-tros *o* no-so-tros; des-am-pa-ro *o* de-sam-pa-ro; vos-o-tros *o* vo-so-tros.

1.15. *Diptongos:* aura; pleito; baile; ruido; causa; diablo; estudio; sucesión; cuota; persuasión; confiaremos; viuda; Europa. *Triptongos:* apreciáis; Camagüey.

1.16. aéreo; poetas; reo; rosáceo.

1.17. a-é-re-o; po-e-tas; re-o; ro-sá-ce-o.

1.19. ca-í-da; grú-a; pí-a; a-ma-rí-as; pú-a; ve-í-a; ins-tru-í-a; ra-íz; re-ú-ne; Ma-rí-a.

1.20. a-lla-nar; chin-cho-rro; i-nau-di-to *o* in-au-di-to; des-a-lien-to *o* de-sa-lien-to; Al-ham-bra; co-rro-er; sus-tra-er; he-re-jí-a; po-é-ti-co; ex-ce-len-te; pres-cin-dir; abs-trac-to; hi-po-cre-sí-a; pro-hom-bre; a-chi-car; tru-hán; a-e-ro-náu-ti-ca; at-le-ta *o* a-tle-ta; des-hi-dra-ta-do; fe-ha-cien-te; ins-cri-to; abs-ten-ción; al-ha-ja; co-bar-dí-a; ex-hu-mar; ma-íz; su-per-hom-bre; obs-truir; ads-cri-bir; abs-te-mio.

1.22. *Las divisiones incorrectas son:* erróne-o; a-viación; o-rientación; i-rritado; rí-o; aére-o.

1.23. *Las divisiones incorrectas son*: re-u-nión; es-ca-sear; leí-do; con-fe-si-ón; po-ten-ci-ar; oí-a-mos; i-lus-tra-ci-ón; rel-le-nar; ac-hi-car; ce-leb-rar; jus-ti-ci-a; mi-ér-co-les; a-car-rear.
(*Las divisiones correctas serían:* reu-nión; es-ca-se-ar; le-í-do; con-fe-sión; po-ten-ciar; o-í-a-mos; i-lus-tra-ción; re-lle-nar; a-chi-car; ce-le-brar; jus-ti-cia; miér-co-les; a-ca-rre-ar).

1.25. *Ejercicio libre.*

1.27. *Ejercicio libre.*

1.30. ¿Aprobaste? Enhorabuena; En buena hora decidí apelar a ti; ¿Cuándo te daremos la enhorabuena por haber terminado los exámenes?; Que venga en hora buena; Le interesaba mucho la enhorabuena de sus padres.

1.31. ¿Por qué trajiste tanto vino?; Escribe muchas cartas porque tiene muchos amigos; No comprendo sus porqués; Ésta es la campiña por que cruzamos anoche; ¿Por qué me dejaste solo en medio del partido de béisbol?; Porque sabe mucho, todos le preguntan siempre; El porqué que dice no me parece válido; ¿Ése es el hombre por que sufriste tanto?

1.32. ¿Dónde piensas que puedo encontrar ese libro?; Si vas a donde te digo, podrás encontrarlo; Vamos a donde quieras; No sé el nombre del pueblo adonde vas; ¿Dónde nos veremos esta noche?

1.33. *Las oraciones erróneas del ejercicio deben escribirse así:* Salió porque iba a recibir a unos invitados; Vino a ciegas y lo pasó muy mal; Aceptó sus porqués sin rechistar; La razón por que has esperado años, resulta tonta; Hace frío afuera de la casa; Acostumbra venir muy a menudo; Trabajamos en balde; ¿Vendrás de veras con nosotros?

2. La acentuación

2.3. reci*bir*; ca*llá*bamos; *dí*gamelo; *i*ban; *no*ble; *ú*til; *ví*bora; bata*llón*; adver*sa*rio; so*fá;* hi*pó*dromo; *ó*valo; *lám*para; inte*rés;* foto*gé*nico; *ár*bol; ex*plí*caselo; pa*red*; regio*nal;* leyes; sa*lud*; re*gí*menes; qui*zás*; lite*rario;* *mé*dico; *rá*pido; co*mún*; *cóm*pratelo; *már*mol; mar*fil.*

2.4. *Acento en la última*: recibir; batallón; sofá; interés; pared; regional; salud; quizás; común; marfil.
Acento en la penúltima: iban; noble; útil; adversario; árbol; leyes; literario; mármol.
Acento en la antepenúltima: callábamos; víbora; hipódromo; óvalo; lámpara; fotogénico; regímenes; médico; rápido.
Acento en la anterior a la antepenúltima: dígamelo; explícaselo; cómpratelo.

2.6. *Agudas*: las mismas del acento en la última sílaba (2.4).

2.7. *Llanas*: las mismas del acento en la penúltima sílaba (2.4).

2.8. *Esdrújulas*: las mismas del acento en la antepenúltima sílaba (2.4).

2.9. *Sobresdrújulas:* Las mismas del acento en la sílaba anterior a la antepenúltima (2.4).

2.10. *Agudas*: festividad; querubín; marqués; huracán; razón; café; amor.

Llanas: leve; moribundo; cervezas; espadas; Jiménez; turbante; obvio; carácter; soldado; Carmen; cárcel.
Esdrújulas: prudentísimo; régimen; álbumes; epígrafe; espíritu; cánones; cántara; sábado; pésimo; éxtasis.
Sobresdrújulas: habiéndomelo; escríbeselo.

2.12. *Llevan tilde*; batallón; sofá; interés; quizas; común; querubín; marqués; huracán; razón; café.
No llevan tilde: recibir; pared; regional; salud; marfil; festividad; amor.

2.13. n, a, s, s, n, n, s, n, n, e.

2.14. r, d, l, d, l, d, r.

2.15. *Ejercicio libre.*

2.16. *Ejercicio libre.*

2.17. *Deben llevar acento ortográfico:* desdén; jardín; llovió; confección; sentí; vendrá; jamás; después; valdrá; así; reacción; zagúan.

2.18. *Llevan tilde*: útil; árbol; mármol; Jiménez; carácter; cárcel.
No llevan tilde: iban; noble; adversario; leyes; literario; leve; moribundo; cervezas; espadas; turbante; obvio; soldado; Carmen.

2.19. l, l, l, z, r, l.

2.20. n, e, o, s, o, e, o, e, o, s, o, s, n.

2.21. *Ejercicio libre.*

2.22. *Ejercicio libre.*

2.23. *Deben llevar acento ortográfico*: fértil; azúcar; fácil; césped; alcázar; alférez; González.

2.24. callábamos; víbora; hipódromo; óvalo; lámpara; fotogénico; regímenes; médico; rápido; prudentísimo; régimen; álbumes; epígrafe; espíritu; cánones; cántara; sábado; pésimo; éxtasis.

2.25. Que todas llevan acento ortográfico.

2.26. *Ejercicio libre.*

2.27. dígamelo; explícaselo; cómpratelo; habiéndomelo; escríbeselo.

2.28. Que también llevan siempre acento ortográfico.

2.29. *Ejercicio libre.*

2.30. Las palabras agudas terminadas en *vocal* o en *n* o *s,* llevan acento ortográfico. Las palabras llanas que terminan en cualquier consonante que no sea *n* o *s,* llevan acento ortográfico.
Las palabras esdrújulas y las sobresdrújulas se acentúan siempre.

2.31. *Deben llevar acento ortográfico*: América; teléfono; hípico; aquí; violín; hipótesis; allá; músculo; automóvil; inútil; mástil; ciprés; exámenes; díganmelo; almíbar; dátil; Perú.

2.33. huésped; fuego; comparación; desahuciar; aire; después; vuélvelo; náufrago; diáfano; jovial; diferenciáis; puntapié; miráis; hincapié; cuidaos; abuelo; terapéutico; convoy; láudano; diócesis; estiércol; conferenciéis; averigüéis; ruido; también; sepáis.

2.35. Que el acento se coloca sobre la vocal abierta del diptongo o del triptongo.

2.36. *Ejercicio libre.*

2.37. golpea; telefoneo; cuidaos; croar.

2.39. *Ejercicio libre.*

2.43. *Ejercicio libre.*

2.44. *Diptongos:* Cuando una palabra que tiene un diptongo o un triptongo ha de llevar acento ortográfico —según las reglas generales de la acentuación—, éste se coloca sobre la vocal abierta del diptongo o triptongo. Cuando las dos vocales del diptongo son cerradas, el acento se coloca sobre la segunda.
Hiato: Cuando la vocal en hiato que recibe el acento no es *i* ni *u*, se coloca tilde si así lo exigen las reglas generales de la acentuación; pero si la vocal en hiato que recibe el acento es *i* o *u*, se coloca tilde sobre ella aunque no le corresponda llevarla según las normas generales.

2.45. *Hiato*: veraneo; vitorearon; amarillea; rehúsa; caos; leído; Leónidas, reordenar; sitúa; vahído; héroe; apogeo; plei*tea*; heroísmo; chimenea; ahí; heríamos; día.
Diptongo: periferia; Dios; reina; aceite; acrobacia; puntual; feria; ruego; pl*ei*tea; cuento; oigo; heroico.

2.46. *Deben llevar acento ortográfico*: coetáneo; ámbar; súbito; quizás; hábil; enérgico; Mediterráneo; actúo *o* actuó; hercúleo; relámpago; escríbeselo; incrédulo; hacíamos; temáis; momentáneo; escogí; ciclón.

2.52. *Ejercicio libre.*

2.55. *Ejercicio libre.*

2.57. *Ejercicio libre.*

2.60. *Deben llevar tilde*: escribióle; llegóse; vímosle; trajéronle; acabóse; esperóme; dímosle; vióséle; comprendióle; déme.

2.61. Tú no comprendes que tu proposición no es conveniente para mí; Desconozco el cómo y el cuándo; Me contento con un sí rotundo; ¿Oís ese solo de violín?; ¿Cuándo llega la tía? Cuando haya terminado el invierno; Éstos no saben lo que aquéllos piensan; Ese bolígrafo es de aquél; El huérfano vive solo; ¿Cuánto consiguió para sí? Pues cuanto quiso; ¿Dónde compras el té?; ¿Quién dice que el abrigo es de ése?; Aún tengo esperanzas de obtener el premio; Sé conciso en tu composición y aun en tu disertación; Se lavó la cabeza y salió al rato; Sólo tengo un camino para triunfar; Mientras más lo piensa menos lo cree; Dé muchos saludos a su madre; El porqué de toda esta historia es muy triste; Si tienes coraje, lucha con él; Explícaselo todo antes que comience a trabajar; Este mármol es italiano; Llego (*o* Llegó) en el rápido de las 9 ó 10 de la mañana; Estoy harto de tantas historias; O no tiene interés o es muy poco inteligente; Los regímenes dictatoriales eran frecuentes en América; El fuego destruyó la hacienda; Raúl trajo el ataúd para su abuela; La raíz de muchos males está en la falta de educación; El laúd del trovador quedó entre los árboles; Había muchos indios en la feria; Rehúso esa obligación que quieren imponerme; El búho fue cantado por Enrique González Martínez; Saúl fue el primer rey de los judíos; Es un verdadero tahúr; Había una retahíla de automóviles en la carretera; Hay buen pan en la tahona de la esquina; Díjele que no volviera más; Quiso llegar temprano mas le fue imposible; Llegamos ese día con mucho entusiasmo; ¡Qué cosas tuvo que escuchar allí!

2.63. *Ejercicio libre.*

2.67. *Ejercicio libre.*

2.69. *Ejercicio libre.*

2.72. *Deben llevar tilde*: píamente; árabe-israelí; coche-salón; decasílabo; descortésmente; discóbolo; veintitrés; dolicocéfalo; balompié; dinamómetro; inútilmente; dieciséis; curvilíneo; galaico-portugués; físico-químico; tímidamente; fracófono.

2.75. PERIBÁÑEZ Y EL COMENDADOR DE OCAÑA; MARTÍN FIERRO; DON ÁLVARO O LA FUERZA DEL SINO; LO QUE EL VIENTO SE LLEVÓ; LAS DE CAÍN; NUESTRA AMÉRICA; LOS TÍTERES DE CACHIPORRA; PEPITA JIMÉNEZ; EL OBSCENO PÁJARO DE LA NOCHE; HISTORIA DE UNA PASIÓN ARGENTINA.

2.77. *Ejercicio libre.*

2.79. *Deben llevar tilde*: decaído; sillón; alcázar; tedéum; baúl; mecánico; bambú; víctima; devuélvemela; mármol; búho; cónsul; reuma (*o* reúma); Caín; volátil; ágilmente; país; anima (verbo) *o* ánima (sustantivo); jamás; miércoles; panteón; gladiolo (*o* gladíolo); sentíme; reísteis; cóndor; frío; retahíla; áspid; telefonía; hincapié; úlcera; vahído; reúne; vaivén.

2.80 ¿Sólo vendrán cuatro o cinco personas?; ¿Te insulta a ti, o me insulta a mí?; «Sé estudioso», te decía continuamente; No sé llegar solo a ese lugar; ¿Cuántos serán los que irán?; ¡Qué invierno tan crudo tenemos!; Guarda para ti cuanto sacaste en ese trabajo; Vi varios trajes; éste me pareció el más adecuado; No sé en qué va a terminar esto; Dime cuánto ganas; ¡Cuántas enfermedades ha contraído últimamente!; ¿Cuándo vendrás otra vez?; Cuando me traigan té, te regalaré un poco; Aún no sé cuándo llegarán mis amigos; Sólo me pidió que le acompañara. No quería estar solo; ¿Qué animales sufren la metamorfosis?; Espera viajar como perito a Tokio; Llegará temprano al aeródromo; En el intervalo saludamos a éste; Padecíamos de reúma (*o* reuma) en el Trópico; Leímos la obra *Martín Fierro*; Álvaro quiso verte a ti; Miróla con pasión, mas comprendió que ella ya no le quería; ¿Quiénes vendréis de vosotros?; ¿Qué sabe él de todo esto?; ¡Quién pudiera saber el porqué de esta tragedia!; Al saberlo, fuime en un santiamén; El conflicto árabe-israelí complicóse; Jugamos un partido de balompié la semana pasada; Los versos endecasílabos son frecuentes en la poesía española; Tímidamente se anunció en la puerta; Enviámosle un memorándum urgentísimo; Mózart (*o* Mozart) es uno de los músicos clásicos; Él realizó un exclente estudio histórico-crítico del siglo XIX; El ciempiés es un animal desagradable; Dé mi parabién a su esposa; El tiovivo de la feria gustábale mucho; ¿Cómo dices que te entregó el té?; El dúo de esa ópera es magnífico; Sería que mi tía estaba triste por la muerte de su perra; No le gusto el canto del búho; Ínterin regreso, lávate bien el traje nuevo; ¡Qué hombre más alegre es este estudiante!; Esto es un pandemónium.

2.81. *útilmente*: palabra sobresdrújula; *compás*: palabra aguda terminada en ese; *batallón*: palabra aguda terminada en ene; *sofá*: palabra aguda terminada en vocal; *explícaselo*: palabra sobresdrújula; *hipódromo*: palabra esdrújula; *mármol*; palabra llana terminada en consonante distinta de ene o ese; *regímenes*; palabra esdrújula; *éxtasis*: palabra esdrújula; *sábado*: palabra esdrújula; *café*: palabra aguda terminada en vocal; *alférez*: palabra llana terminada en consonante distinta de ene o ese; *¿quién?*: pronombre interrogativo; *tú*: pronombre personal (acento diacrítico); *porqué*: sustantivo; *alcázar*: palabra llana terminada en consonante distinta de ene o ese; *América*: palabra esdrújula; *Perú*: palabra aguda terminada en vocal; *huésped*: palabra llana terminada en consonante distinta de ene o ese; *después*: palabra aguda terminada en ese; *náufrago*: palabra esdrújula; *diáfano*: palabra esdrújula; *conferenciéis*: palabra aguda terminada en ese (triptongo); *había*: hiato; *ataúd*: hiato; *búho*: hiato; *té*: acento diacrítico (nombre de planta); *átale*: palabra esdrújula; *díselo*: palabra esdrújula; *¿cuándo?*: interrogativo; *benjuí*: aguda terminada en vocal; *sé*: forma verbal de *ser* o de *saber* (acento diacrítico); *aún*: sinónimo de *todavía* (acento diacrítico); dé; del verbo *dar* (acento diacrítico); *éste*: pronombre demostrativo; *magnífico*: esdrújula; *acentúo*: hiato; *Mediterráneo*: esdrújula; *más*: adverbio de cantidad (acento diacrítico); *sólo*: adverbio (= *solamente)*; *vahído*: hiato; *sí*: adverbio o pronombre personal (acento diacrítico); *histórico-crítico:* adjetivo compuesto de otros dos unidos por guión; *vaivén:* palabra aguda terminada en ene.

2.82. *levemente*: el adjetivo «leve» no se acentúa; *Mozart*: el nombre está escrito como en su idioma original, en el cual no lleva acento; *girasol*: palabra aguda terminada en consonante distinta de *n* o *s*; *comendador*: igual caso que el anterior; *se*: pronombre; *iban*: palabra llana terminada en *n; salud*: palabra aguda terminada en consonante que no es *n* ni *s*; *leyes*: palabra llana terminada en consonante ese; *obvio:* palabra llana terminada en vocal; *amor*: palabra aguda terminada en consonante distinta de ene o ese; *cervezas*: palabra llana terminada en ese; *soldado*: palabra llana terminada en vocal; *aun*: palabra monosílaba, no equivalente a «todavía», sino a «incluso»; *canon*: palabra llana terminada en ene; *principal*: palabra aguda terminada en consonante distinta de ene y ese; *mas*: es conjuncion equivalente a «pero»; *pero*: palabra llanada terminada en vocal; *historia*: palabra llana terminada en vocal (diptongo); *reloj-calendario*: palabra compuesta, cuyos componentes no llevan acento originalmente; *recibir*: palabra aguda terminada en consonante distinta de ene o ese; *adversario*: palabra llana terminada en vocal (diptongo); *Carmen*: palabra llana terminada en ene; *te*: pronombre; *espaldas*: palabra llana terminada en ese; *candidez*: palabra aguda terminada en consonantes distinta de ene o ese; *examen*: palabra llana terminada en ene; *mi*: posesivo; *tambor:* palabra aguda terminada en consonante distinta de ene y ese; *corbata*: palabra llana terminada en vocal; *industria*: palabra llana terminada en vocal (diptongo); *si*: conjunción; *festividad*: palabra aguda terminada en consonante distinta de ene y ese; *moribundo*: palabra llana terminada en vocal; *el*: artículo; *prosaicamente*: el adjetivo «prosaico» no se acentúa; *literario*: palabra llana terminada en vocal (diptongo); *marfil*: palabra aguda terminada en consonante distinta de ene y ese; *adalid*: igual caso que el anterior; *regional*: ídem; *diecinueve*: palabra llana terminada en vocal; *quien*: relativo sin sentido interrogativo o exclamativo; *mostaza*: palabra llana terminada en vocal; *dictamen*: palabra llana terminada en ene; *tragaluz*: palabra aguda terminada en consonante distinta de ene o ese.

2.83. Aquél era su secreto. Su secreto. ¡Qué raro que llegara ahora el recuerdo! Berlín. La infancia. El campo de los domingos había tomado un aspecto agitado y pintoresco. Y allí estaba emplazado «su secreto». Las bicicletas rodaban por los senderos. El que se ahogó tenía una muy linda. Había muchachas con las piernas desnudas —esas fragantes piernas alemanas— que correteaban, no sólo por las carreteras, sino por los senderos y entre los árboles, sobre el césped del Grunewald. Verde y blanco. El Careto no tenía entonces ningún apodo. Se llamaba Óscar e iba con sus padres. La madre hacía pasteles de manzana y los envolvía en servilletas calientes. A él le molestaba el camino de ida porque había que tener cuidado con todo aquello. Un día Karl —Ah, sí, se llamaba Karl— cayó al agua y se ahogó. ¿Cayó?

¿Lo empujó alguien? ¿Lo empujó él? En aquella edad asexuada se querían románticamente. Lo había empujado, sí. Y éste era su secreto.

—Mi teoría —explicó— es la siguiente: la novela policial representa en el siglo veinte lo que la novela de caballería en la época de Cervantes. Más todavía: creo que podría hacerse algo equivalente a Don Quijote: una sátira de la novela policial. Imaginen ustedes un individuo que se ha pasado la vida leyendo novelas policiales y que ha llegado a la locura de creer que el mundo funciona como una novela de Nicholas Blake o de Ellery Queen. Imaginen que ese pobre tipo se larga finalmente a descubrir crímenes y a proceder en la vida real como procede un detective en una de esas novelas. Creo que se podría hacer algo divertido, trágico, simbólico, satírico y hermoso.

Algunas tarde paseaban con la Marce y el cabo Argimiro, pese a que los galones del cabo intimidaban a la muchacha. Temía su autoridad, pero más que su autoridad temía que un día la ejerciese y sorprendiese al Picaza con la veta mala. El Picaza, en cambio, se permitía embromar al cabo sin consideración a sus galones. En alguna ocasión se mostró tan audaz, que la Desi se ofuscó, toda, esperando un alboroto. No obstante, el cabo Argimiro, que era mas largo que una peseta de tripas, por más que ello no se lo refrotase a la Marce, tenía correa para rato. Y con el Picaza no hacía malas migas. Algunas veces la Desi les había visto darse de codo y reír sofocadamente ante el escaparate de Leo Conde, donde se exhibían piernas anunciando medias y bustos de mujer con sujetadores de seda. En esos casos, los muchachos cuchicheaban y hacían muecas sin cesar y se reían por detrás de ellas.

En marzo de aquel año fue necesario prolongar la Moratoria, ya que de no haberse prorrogado por decisión oficial, la Moratoria habría sido prorrogada, alargada, estirada, llevada a los límites del calendario, por todos aquellos que se habían acostumbrado a su manejo. La traquimaña, la mala fe, la trampa, la fullería aliada a la insolvencia, se amparaban en la mágica, ensalmadora —y algo sepulcral— palabra Moratoria. Nadie pagaba nada. Los vecinos de cuarterías y conventillos recibían los cobradores de alquileres a pedradas y a estacazos, soltando los perros para mayor información. Los mercaderes canarios, los buhoneros sirios, negociantes al crédito, eran acusados de anarquistas por las amas de casa seguras de que hubiese un policía por los alrededores, cuando demasiado insistían en presentar una muy atrasada cuenta por venta de encajes o lencería. Se compraban cosas a plazos para pignorarlas el mismo día, sacando de aquí, para tapar allá, recurriéndose al garrotero y al prestamista, en un perpetuo rejuego de papeles, de firmas, de estafas atajadas al filo de la denuncia, viviéndose de expedientes y de milagros de rifas y de usuras, con tal circulación de cheques sin fondos que aun los que todavía tuvieran fama de ricos tenían que pagarlo todo al contado.

Ahora nadie podrá remediar esta vergüenza. El alcalde le ha entregado a mi padre la orden del entierro, y mi padre ha dicho: «De todos modos, lo que suceda tenía que suceder. Es como si lo hubiera anunciado el almanaque». Y yo lo digo con la misma indolencia con que se entregó a la suerte de Macondo, fiel a los baúles donde está guardada la ropa de todos los muertos anteriores a mi nacimiento. Desde entonces todo ha venido en declive. La misma energía de mi madrastra, su carácter férreo y dominate, se han transformado en una amarga congoja. Cada vez parece mas lejana y taciturna, y es tanta su desilusión que esta tarde se ha sentado junto al pasamano y ha dicho: «Me quedaré aquí, aplanada hasta la hora del Jucio».

3. Uso de las mayúsculas

3.3. *Oraciones que precisaban corrección:* El Papa Pablo VI bendijo a los feligreses; Carlos II el Hechizado fue el último de los Austrias; Yugoslavia perdió el partido de fútbol; El Presidente habló a los periodistas anoche; Nuestra madre siempre decía: Haz bien y no mires a quién; Napoleón Bonaparte dijo: Soldados: cuarenta siglos os contemplan; Cristóbal Colón, el Descubridor, llegó a América el 12 de octubre; Hoy, lunes 24 de enero, saldré para Londres; Querido y admirado maestro: Deseo saludarle como sumo respeto; Sr. mío: no tenga dudas al respecto...; Mañana saldremos para Venezuela; Los Pirineos separan España de Francia.

3.4. Pertenece el rincón de hojas y hierbas de doña Berta a la parroquia de Pie del Oro, concejo de Carreño, partido judicial de Gijón; y dentro de la parroquia se distingue el barrio de doña Berta con el nombre de Zaornín, y dentro del barrio llama a su casa La Hondonada Frondosa, en medio de la cual hay un gran prado que tiene por nombre Aren. Al extremo noroeste del prado pasa un arroyo orlado de altos álamos, abedules y cónicos humeros de hoja oscura, que comienza a rodear en espiral el tronco desde el suelo, tropezando con la hierba y con las flores de las márgenes del agua.

—Lo único que no entiendo —dijo Fraga como si no le hablara a ella— es por qué he tardado tanto en saber que todo eso lo había sabido siempre. Es idiota suponer que soy un médium, no tengo absolutamente nada que ver con él. Hasta hace una semana no tenía nada que ver con él.
—Si pudieras dormir un rato —dijo Ofelia.
—No, es que tengo que encontrarlo. Hay dos cosas: eso que no entiendo, y lo que va a empezar mañana, lo que ya empezó esta tarde. Estoy liquidado, comprendés, no me perdonarán jamás que les haya puesto el ídolo en los brazos y ahora se lo haga volar en pedazos. Fíjate que todo es absolutamente imbécil, Romero sigue siendo el autor de los mejores poemas del año veinte. Pero los ídolos no pueden tener pies de barro, y con la misma cursilería me lo van a decir mañana mis queridos colegas.
—Pero si vos creíste que tu deber era proclamar la verdad...
—Yo no lo creí, Ofelia. Lo hice nomás, o alguien lo hizo por mi. De golpe no había otro camino después de esa noche. Era lo único que se podía hacer.
—A lo mejor hubiera sido preferible esperar un poco —dijo temerosamente Ofelia—. Así de golpe, en la cara de...
Iba a decir: «del ministro» y Fraga oyó las palabras tan claramente como si las hubiera pronunciado.

Dr. —Escúcheme, Pacífico, y ten en cuenta que esta pregunta es sumamente delicada: tu novia te había dicho en Prádanos una vez que si el Teotista os encontraba en la forma que os encontró, sería capaz de matarte. Esto es cierto, ¿verdad? Bueno, ¿puedes tú afirmar categóricamente que en el momento de agredirle, no operó en ti, aunque fuera en el subconsciente, el temor de esta amenaza?
PP. —Si quiere que le diga la verdad, doctor, para entonces ni me recordaba que el teotista me hubiese jurado la vida.
Dr. —Bien, pero al margen de tu cerebro, ¿no pudo operar ahí un automatismo de defensa?
PP. —Qué sé yo, no entiendo de eso, oiga.
Dr. —Pero ¿qué sentiste al pinchar al Teotista?
PP. —Que era fácil, mire.
Dr. —¿Nada más?
PP. —Bueno y que era blando. Más blando de lo que yo me imaginaba, doctor.
Dr. —Ya estamos en las mismas, Pacífico. ¿Cómo voy yo a creer que al matar a un hombre todo lo que se te ocurre pensar es que es fácil y blando?

Si persistimos en la explicación, y queremos intentarla lealmente, será necesario aceptar que en este punto se bifurca. Uno de los ramales nos hace conocer a un Padre Bergner que presintió la aproximación del momento, a todos prometido, aunque la oferta rara vez se cumpla, en que le sería dado realizarse totalmente como individuo y siervo del Señor, ser, sin mutilaciones, Anton Bergner, R.P., enfrentarse y luchar con una expresión del mal que tuviera una estatura y una fuerza dignas de sus nunca usadas posibilidades. Medirse con algo que poseyera todas las mezquinas y personales, elusivas, inciertas manifestaciones del pecado, de la imperfección, que el cura debía soportar diariamente, como fugaces pestilencias, indeciso entre un origen de menudo arrepentimiento o uno de raquítica vanidad, en la bisbiseante rutina de confesar.

4. Las abreviat

4.3. *Ejercicio libre.*

4.4. *Ejercicio libre.*

5. Los signos de puntuación

5.5. Bécquer es el autor de *Rimas*. - Valle Inclán escribió *Tirano Banderas*. Tamb
natas. - El primer premio correspondió a la Srta. Llaguno. - Debe escribir al Sr. D.
admor. gral. - El verano es muy agradable aquí. El resto del año no se pasa bien.

5.8. Una mañana, cuando las calles estaban llenas de gente, se oyó un estallido; En efecto, creo
no perjudicará; Allí tomaban cerveza, hacían chistes, jugaban al dominó y lo pasaban muy bien; P
bamos ir de vacaciones a Suiza, pero la subida de precios nos lo impidió; Me parece, Laureana, que n
tienes razón; Apenas llegué a la estación, me lo encontré; Hijo mío, has gastado todo cuanto tenía ahorrado; En Medellín vendí cuatro automóviles y en La Guaira, tres; Al saber la desgracia lloró, grito y se tiró por el suelo; Sarmiento, el gran educador argentino, tuvo un hijo militar; Los soldados, que eran doscientos, acamparon cerca del río; Pedro, estáte listo para salir a las seis; Había en el mercado manzanas, peras, melocotones y uvas; Cuando teníamos preparada la cena, nos telefonearon; La enfermedad, según parece, se agrava por minutos.

5.11. Está muy preocupado; su enfermedad es incurable. Se enteró de todo; preparó la venganza con mucho cuidado. Las hojas eran grandes, las flores, mayores; los árboles se elevaban a las alturas y María no cesaba de contemplarlos, admirada de tanta belleza; Julián los observaba con curiosidad. Recibimos los siguientes productos: judías, 4 kg; arroz, 10 kg; aceite, 5 kg. El día fue estupendo; sin embargo algunos partes meteorológicos habían anunciado tormenta temprano.

5.12. El domingo, en efecto, llegó Rebeca. No tenía más de once años. Había hecho el penoso viaje desde Manaure con unos traficantes de pieles que recibieron el encargo de entregarla junto con una carta en la casa de José Arcadio Buendía, pero que no pudieron explicar con precisión quién era la persona que les había pedido el favor. Todo su equipaje estaba compuesto por el baulito de la ropa, un pequeño mecedor de madera con florecitas de colores pintadas a mano y un talego de lona que hacía un permanente ruido de cloc cloc cloc, donde llevaba los huesos de sus padres. La carta dirigida a José Arcadio Buendía estaba escrita en términos muy cariñosos por alguien que lo seguía queriendo mucho a pesar del tiempo y la distancia y que se sentía obligado por un elemental sentido humanitario a hacer la caridad de mandarle a esa pobre huerfanita desamparada, que era prima de Úrsula en segundo grado y por consiguiente también pariente de José Arcadio Buendía, aunque en grado más lejano, porque era hija de ese inolvidable amigo que fue Nicanor Ulloa y su muy digna esposa Rebeca Montiel, a quienes Dios tuviera en su Santo Reino, cuyos restos adjuntaba la presente para que les dieran cristiana sepultura.

Al otro lado del valle, el molino ardía envuelto en llamas, y una columna de humo se elevaba en la atmósfera densa y apacible. García distinguía confusamente el movimiento de sus compañeros, irreconocibles a causa de la distancia, y antes de incorporarse reflexionó en las posibilidades que se le ofrecían. Regresar al molino equivalía a dar un rodeo grandísimo con la consiguiente pérdida de tiempo. En cambio, el trayecto hasta la escuela era muy breve y brindaba la ocasión de hacer méritos delante del oficial. Optó por lo segundo y se puso de pie.

de soledad: he aquí las causas de su
y Formentera; Las palabras esdrújulas
ABER: Todos los vecinos de esta lo-
Mi querida Marta: Cada día echo más
...olas son, a saber: Vizcaya, Guipúzcoa y
... van a dar a la mar, que es el morir.

5.15. Padres divorciados conducta; Las islas Baleares se acentúan siempre calidad...; Estimada de menos tu pre Álava; Ya lo dijo

...hacia la lejana estación. Ya en el horizonte comienza a ...illas metálicas de los cables surgen rígidas...

...una deformación grotesca de la civilización europea... »; Ya sabes el ... arrima... »; Invitamos a los cuarenta estudiantes a la fiesta, y vinieron...

5.18. El co... Ya tú le conoces... ; Quisiera tener fuerzas suficientes... pero sé que no podré; surgir un... ...tá chinos, japoneses, africanos, argentinos, bolivianos, dominicanos... ; Díselo tú... Valle... can... ...cuerda siempre: Quien bien te quiere...

...Me pregunto qué hacer para resolver esta cuestión; ¿De dónde vienes?; ¿A qué hora sale el tren?; Lo ...ntiendo muy bien, pero, ¿qué puedo hacer yo en este conflicto'?; ¿Tiene fuego?; ¿Llegó ya, viene contento, se le ve bien?; Sé lo que busca, pero, ¿será posible encontrarlo?; ¿Qué puedo hacer?

5.24. ¡Caramba! ¡Espérame! No te vayas sin mí; ¡Ay, que llega el inspector!; ¡Qué escándalo! ¡Qué vergüenza!; ¡Vivan los novios!; Dijeron que hacía buen tiempo. Y ¡tan bueno!: cinco grados al sol.

5.27. Hace poco vi «El alcalde de Zalamea», en el teatro «Avenida»; Te espero en el café «Comercial»; Asiste al «Instituto Valverde»; El vapor «Marqués de Comillas» hacía la travesía entre América y España; César dijo: «Llegué vi y vencí»; Siempre usa el agua de colonia «Dandy»; Eso es muy «demodé»; Le entregó todo el dinero al ladrón. Sabes que es muy «valiente»; Lenin dijo: «Proletarios del mundo, uníos»; ¡Qué «sabrosura» tiene este baile!

5.30. Antonio Buero Vallejo obtuvo en 1949 (con *Historia de una escalera*) el premio «Lope de Vega»; Las principales obras de lonesco (*La cantante calva* y *La lección*) se representan aún en París; Valle Inclán (1866-1936) es el creador del esperpento; Carmen Laforet se dio a conocer con su novela *Nada* (1949); Ranión J. Sender (autor de *Requiem por un campesino español*) regresó a España.

5.37. Don Gonzalo.— ¡Oh, qué feliz!; qué venturoso me hacéis! ¡Ah... querido Galán!, ya lo ve usted: en ese corazoncito ya no vivo yo solo con pena.
Florita.— ¡Por Dios, Gonzalo!
Don Gonzalo.— Sí. Otro cariñito ha penetrado en él arteramente, y apenas queda ya sitio para el pobre hermano.
Numeriano.— ¡Hombre, don Gonzalo, yo sentiría que por mí...
Don Gonzalo.— ¡Ah, pero no me importa! Ámela usted con este acendrado amor con que yo la amo, y si la veo dichosa me resignaré, contento, a la triste soledad en que voy a quedarme.
Numeriano.— Don Gonzalo, ¡por Dios!, si le va a usted a servir esto de un disgusto tan grande yo estoy dispuesto incluso a renunciar a...
Florita.— ¡Pero calla, por Dios! ¡qué estás diciendo! ¡si son tonterías de éste, chocheces! Egoísmos de viejo.
Don Gonzalo.— Sí, sí, egoísmos. Pero, por Dios, riquita, no te enfades. Y, ¡ea! Perdonad a un hermano impertinente esta pequeña molestia. Y venga usted acá. ¡Oh, amigo mío!, ha elegido usted tarde, pero ha elegido usted bien.
Florita. -Vamos, calla, por favor, Gonzalo.

En el fondo del laberinto cantaba la fuente como un pájaro escondido, y el sol poniente doraba los cristales del mirador donde nosotros esperábamos: era tibio y fragante. Gentiles arcos cerrados por vidrieras de colores le franqueaban con ese artificio del siglo galante que imaginó las pavanas y las gavotas. En cada arco las vidrieras formaban tríptico y podía verse el jardín en medio de una tormenta, en medio de una nevada, en medio de un aguacero. Aquella tarde, el sol de otoño penetraba hasta el centro, como la fatigada lanza de un héroe antiguo. Concha, inmóvil en el arco de la puerta, miraba hacia el camino, suspirando. En derredor volaban las palomas. La pobre Concha enojárase conmigo, porque oía sonriendo el relato de una celeste aparición que le fuera acordada hallándose dormida en mis brazos. Era un sueño como lo tenían las santas de aquellas historias que me contaba cuando era niño la dama piadosa y triste que entonces habitaba el Palacio. Recuerdo aquel sueño vagamente. Concha estaba perdida en el laberinto, sentada al pie de la fuente, y llorando sin consuelo. En esto se le apareció un Arcángel. No llevaba espada ni broquel. Era cándido y melancólico como un lirio. Concha comprendió que aquel adolescente no venía a pelear con Satanás. Le sonrió a través de las lágrimas y el Arcángel extendió sobre ella sus alas de luz y la guió. El laberinto era el pecado en que Concha estaba perdida, y el agua de la fuente eran todas las lágrimas que había que llorar en el Purgatorio.

Apenas salió de Corrientes había calzado sus recias botas, pues los yacarés de la orilla calentaban ya el paisaje. Mas a pesar de ello, el contador público cuidaba mucho de su calzado, evitándole arañazos y sucios contactos.
De este modo llegó al obraje de su padrino y a la hora tuvo éste que contener el enfado de su sobrino.
—¿Adónde vas ahora?— le había preguntado sorprendido.
—Al monte, quiero recorrerlo un poco— repuso Benincasa, que acababa de colgarse el Winchester al hombro.
—Pero, infeliz. No vas a poder dar un paso. Sigue la picada si quieres. O mejor, deja esa arma y mañana te haré acompañar por un peón.

—Eso te lo he oído demasiadas veces, Carlos, mi hijo. No esperarás que te crea otra vez.
Carlos dijo:
—Es que no entiendes, no entiendes nada. Te concedo tu superioridad y, como te dije, envidio tu equilibrio y tu ironía desapegada: pero, ¿sabes una cosa? Te tengo compasión. Cuando me acuerdo de tus amores te compadezco tanto, tanto...
Carlos, que hablaba con su intensidad habitual redoblada, preguntó de pronto:
—¿Te acuerdas de esa querida que tuviste hace años? ¿Esa judía buena moza?, ¿una grandota de pelo pintado?
—Tú dices la Rebeca.
—Claro, la Rebeca. Era tu querida; era cómodo tenerla, la visitabas un par de veces por semana a horas estipuladas, y creo que fuiste bastante generoso con ella. Pero en cuanto tuviste miedo de enamorarte de veras de ella, a necesitarla, la dejaste, porque entonces la pobre Rebeca ya no era una comodidad para ti: podía comprometerte. El manual de Carreño —que parece haber sido la única influencia fuerte de tu vida, porque eso sí, eres todo un caballero— debe decir en la primera página que un caballero no se casa nunca con su querida, menos si es judía. ¿Qué hubiera dicho tu familia, los cuatro pelagatos venidos a menos, que van quedando y que a ti, por lo demás, nunca ta han importado un bledo? No, Andrés, tú no has vivido: has soslayado la vida.

6. Las letras de ortografía dudosa

6.1.3. Ella servía de modelo...; La abuela nos envío...; Debes tomar siempre leche hervida; Tú sabes bien...; El director concibió una...; Esas obras estuvieron prohibidas en...; No me cabe en la cabeza...; Esa obra se atribuye...; Más vale precaver que...; Nos sirvieron un...; Hervía de celos; Ese espectáculo no cabe en...; Se atrevió a salir sin...; Tienes que contribuir a...; No escribas en forma...; Te prohíbo que invites a más amigos; Debemos respetar a...; No concibo que...; Vive muy cerca...; Sabíamos que no era...; No te tomes esas atribuciones; Entrevemos cosas desagradables...; Tiene que vivir con...; Espero que retribuya todo...; Contribuyó con su...; Hombre precavido...; Nos atrevimos a venir...; Preveo muchos males...; No te van a retribuir como...; ¡No bebas tanto!

6.1.5. Los chicos saltaban en...; Aquella tarde íbamos al...; Iba a misa...; Abonábamos el campo...; Mi abuela nos abotonaba...; En aquel tiempo abundaban...; Cristo abogaba por los pobres; Recuerdo que aquel verano ibas de...; Las niñas saltaban de alegría siempre que íbamos de paseo; Al salir de viaje, llevábamos siempre...; Los peregrinos caminaban hacia...; Los padres iban muy...; Los nazis ametrallaban sin piedad...; Íbamos sin dinero...; El sacerdote aconsejaba a los fieles.

6.1.7. El albergue estaba...; La alberca ha sido...; Nos gusta el albaricoque en almíbar; Álvaro es un nombre...; Hubo gran alboroto en la plaza; Los altavoces no cesaron...; Es un hombre muy altivo; El árbol de Pedro...; Debes limpiar el aldabón; Hizo de árbitro...; El albañil trabajó desde el alba; Todos debemos usar nuestro albedrío; Está aprendiendo el alfabeto griego; No sale de su alcoba; Me puse el albornoz...

6.1.9. Es abusivo el...; Él no quiere que veamos sus...; La biblioteca de la...; La beatería es dañina en...; Estuvo abogando por...; El abuelo nos contaba...; Vea todos los progresos...; La bibliografía sobre ese...; Es un terreno muy bien abonado; Abordó el tema sin...; La beata iba todos los días...; La armadura de Don Quijote estaba abollada; Lincoln abolió la...; Es una chica muy aburrida; Padece de abulia.

6.1.11. Muchos turistas vienen...; Ese veneno es...; Se fue con el beneplácito...; Contó con la benevolencia...; Venecia es una...; Tiene mucho bienestar en...; El bienhechor de este...; La capital de Austria es Viena; No está bien eso...; El viento golpeó...; Esperamos ir a Venezuela...; La Bienal de Venecia...; Fue acusado de bigamia; Usa lentes bifocales; Es un profesor bilingüe.

6.1.13. Nos dijo una mentira muy burda; El buzón de correos está lleno de correspondencia; El busto del patriarca fue...; Se hizo una afanosa búsqueda...; Es un buscavidas; Escribió un poema burlesco; Es un burócrata...; Paseé en burro...; Acababa de vender el buque. Vimos el bulto en la oscuridad.

6.1.15. *La vorágine* es...; Hacemos votos porque...; Era muy bondadoso con...; Cayó por el borde de...; Los vencedores obtuvieron un enorme botín; La botánica es...; Isabel II pertenecía a la familia de los Borbones; Fue presa de la voracidad...; Se bebió una botella de...; Se pasó la mañana bogando por el río.

6.1.17. Se llama baturros...; Los precios no han bajado; El Vaticano tiene...; Vargas es un apellido...; El matrimonio tiene tres varones y...; El barbero es un personaje...; Compró una vajilla con...; Varsovia fue destruida en la...; Vaticinaron grandes desastres...; Se batieron en medio de...; Padece de varices; El bajel quedó varado en...; Tenía la barba muy roja y vestía una bata; Llevaba una vara de mimbre en las manos.

6.1.19. Es conveniente que te espabiles; No seamos esclavos...; Evitemos cantar ese estribillo; Tiremos el eslabón...; Hizo un esbozo muy...; Las vacaciones estivales son...; Oímos aquella noche música eslava; Se escabulló sin...; La dama puso los pies en el escabel; Espolvorea azúcar sobre los buñuelos; La gallina escarbaba en...; La tropa esquivó a...; Los dictadores siempre cuentan con esbirros; Le impresionan los escarabajos.

6.1.21. La juventud es...; Prefiero hablar siempre desde una cabina; El nuevo gobierno ha dado...; Se refugia a menudo en su cubil; Los jueves vamos...; Dimos un paseo por el cabo; Le gustan las habas...; Se pasa el día viendo pasar las nubes; Estuvieron cavando toda...; Tenía el hábito de leer hasta muy tarde.

6.1.23. El público acudió al tribunal; La turbina funcionaba mal; Ya no existe la Unión Soviética; Paseó por la sabana al...; Sor Juana Inés de la Cruz fue una mujer muy sabia; La savia de esta...; El agua sale muy turbia; Los checoslovacos firmaron un acuerdo con los yugoslavos; Capturó un tiburón muy grande; Le esperaba en el ribazo.

6.1.25. Siempre anda meditabundo; Su susceptibilidad era...; El tenía la responsabilidad...; Era un pobre vagabundo; Por mi debilidad no...; Debemos buscar la viabilidad...; Eso que me cuentas es nauseabundo; Este automóvil tiene una movilidad...; Es un experto en contabilidad; Raquel es muy pudibunda.

6.1.27. El pobre Juan es muy bruto; Esta tarde hace mucha brisa en...; Pelearon bravamente; La cabra siempre...; Tienes la paciencia de Job; Quisimos observar todo...; Esa disposición es obsoleta; Me haces reír mucho con tus bromas; Es obvio que iremos temprano; Puso muchas objeciones a...; La blasfemia es un pecado...; En breve estaremos instalados...; Cubramos el cuadro...; Algunos filósofos buscan lo absoluto; Fueron asombro de propios...; Le dieron un brebaje para...; Iba vestida de blanco; Vive a expensas de sus blasones; La bruma nos impedía...; Es absurda esta teoría...

6.1.28. Creemos en la posibilidad de la abdicación del rey; Bienaventurados los pobres...; Vivió intensamente...; Anduvo errabundo por...; Los cobardes no sirven...; Bebía mucho todos...; En la época estival caminaba por la ribera del río; Ayer vi que ibas...; Con alegría y amabilidad...; El alcalde dará la bienvenida...; Hubo alboroto en...; El maestro advirtió que...; Hoy comeremos albóndigas...; Era una mujer muy altiva; Descubrió muchas...; Obtuvo un gran éxito en Varsovia; El abuelo sacó a pasear a los niños de Rovira; La biblioteca está abierta los sábados; Esa bandera es bicolor; Dicen que ese libro es obsceno; Mostraba a cada visitante su nueva vajilla; La alcoba estaba a media luz; *La arboleda perdida* es un libro de Rafael Alberti; Espartaco se alzó contra la esclavitud; Hubo muchos crímenes en aquella época en Sevilla; El ladrón se atrevió a entrar con un turbante lujoso; El rabino contribuyó con...; El cable se rompió y el público...; La brújula ayuda a los navegantes.

6.1.30. La viuda mantuvo su...; Estuvieron en Jamaica...; ¿Anduvisteis todo el camino a oscuras?; El acusado sostuvo que...; Si tuvieras interés...; Tuvo mucho dinero, pero...; Me gustaría que ella estuviera...; Con su charla nos retuvo demasiado; Tuvieron mucho interés...

6.1.32. Si quieres voy contigo...; No espero que vayamos...; Ve al juez y...; ¿Vais sin paraguas?; Que él vaya y...

6.1.34. Si ello te divierte, haremos diversos...; El divorcio de sus padres...; Hay dibujos muy valiosos en...; Era un individuo de ideas muy diabólicas; Es necesario divulgar su...; Sus caminos son divergentes; Hemos dividido la tarta...; Desde este punto se divisa un...; La diva fue muy...; El conferenciante divagó...; Hubo muchos disturbios en...; Ponemos a consideración del público la gran diversidad de objetos; Aprendió a dibujar en Varsovia; Tenía como divisa la lealtad y la amabilidad; Surgió una divergencia entre los miembros del tribunal.

6.1.36. El ebanista terminó el mueble el sábado; Lee con frecuencia los Evangelios; El conferenciante evocó los...; Su participación en el crimen es evidente; Todos acudieron al evento.

6.1.38. Padecía una calvicie...; Los niños juegan con cerbatanas; La cervecería está...; Tienes que doblar la cerviz...; Tuvo un accidente en esa peligrosa curva; Le regalaron una docena de claveles...; Este convenio es muy...; Interpretaba la sonata en el clavicordio; Pasó mucho tiempo en la convalecencia.

6.1.40. Fue siempre un anciano muy jovial; Compró todo el mobiliario nuevo; Haremos un crucero por el Levante; El móvil del...; Acaban de hacer una leva en ese pueblo; No cabe duda de que es un malvado; El ejército fue movilizado...; Los jóvenes pasan...; Nos levantamos muy...; Le gusta el color malva.

6.1.42. ¿Habéis llevado las bujías a la villa cercana?; Parece que llovió...; El tiempo sigue lluvioso; Dame todas las llaves...; Ese traje es demasiado llamativo; Con un poco de resignación todo es más llevadero; Tienes que llevar el burro a la villa; De tanto llover, el ábside de la iglesia se derrumbaba; Esta llovizna es...; Ha dado llaveros a los diversos secretarios.

6.1.44. Doña Inés era novicia...; Los navegantes llegaron...; Acaba de publicarse una excelente novela; Me gustan mucho los nabos; Juan Ramón Jiménez recibió el premio Nobel; Fue asesinado con una navaja; Estuvo nevando toda...; Las aguas han cogido su nivel; Esa obra es una de las mejores novedades...; Se gana la vida como novillero.

6.1.46. Hombre precavido vale...; Parece la llave de la polvera; Disfrutó de muchas prebendas en su juventud; La provincia de Córdoba es muy olivarera; Se pavoneaba por el parque; Resultó un crimen pavoroso; Fue privado de todos sus bienes al morir su abuelo; Se comprobó que era un médico valioso; Sacó mucho provecho de esas prebendas; El Sr. Pavón no asistió a la cita; Era un hombre probo que no aceptaba bienes ajenos; Su adversario le hizo polvo sus teorías; Se rompió la probeta con la llave; Los norteamericanos comen pavo el Día de Gracias.

6.1.48. Sebastián salió...; Es una persona solvente; Debe prestar servicio...; Se internaron en la selva; Rousseau estableció la idea del buen salvaje; Le gustaba silbar...; Es necesario solventar...; Tenía un salvoconducto de los búlgaros; No te olvides de poner servilletas...; Es un poeta que escribe unas silvas magníficas; No me gusta el sebo en...; La policía lo utilizó de cebo para...; *La miel silvestre* es...; El cantante gustó tan poco, que le silbaron...; Era una madre demasiado severa.

6.1.50. Villanueva del Rey...; *El villano en su rincón* es...; El vicepresidente acudió a los tribunales; Por Navidad se cantan villancicos; El billar es...; Madrid tiene categoría de villa; Tiene unos bíceps...; El vicecónsul atenderá...; Tomó las de Villadiego; El Sr. Villalba no...

6.1.52. Estuvo estupendo el aperitivo; El domingo es un día festivo; Estas flores tienen un olor suave; Es un árabe longevo; Arriba en la villa, hay muchas prebendas; La diva necesitaba un lavabo; Javier es un chico muy pensativo; Respondió afirmativamente; El acusativo es...; El Medievo contribuyó...; Las visitas deben ser breves; Este clavo me produjo una herida leve; Es un libro demasiado corrosivo; Definitivamente no fueron a Viena; Probaremos a conjugar el verbo en voz activa.

6.1.54. Mi amiga Elvira es...; El triunvirato fue...; Hay muchas especies de flores carnívoras; Debes tener mucho cuidado con las víboras: Este animal es herbívoro.

6.1.56. Hasta hace poco se conservaba muy bien; Su actuación exacerbó...; Hemos de tener reservas para cualquier eventualidad; Volver a la antigua patria, es el deseo de muchos hebreos; El perro revolvió...

6.1.58. El provenir es muy adverso; Contravino las ordenanzas de la biblioteca; Intervino para erradicar la burocracia; Hay la posibilidad de que sobrevenga un desastre; Hombre prevenido vale...; Intervinieron los eslavos...; Vinieron muchas chicas con blusas verdes y blancas; El vicepresidente convino en la necesidad...; Debemos estar prevenidos...; Por suerte, se avinieron las partes lo antes posible.

6.1.60. Es absurdo advertir...; Es obvio que la fortuna ha sido adversa...; Esa chica le tiene envidia...; Nuestro tema será el adverbio y sus diversas clases; La invasión ocurrió en el invierno; Su objetivo era advertirle...; Distribuía propaganda subversiva...; Su invento le...; El advenimiento de los Borbones...; La inversión en aquella empresa le fue muy beneficiosa; Quedó inválido...; Estamos haciendo el inventario de nuestros bienes; Él era un advenedizo en...; El adversario no...

6.1.62. El noveno de la clase es Álvaro; El curso escolar comienza sobre el día nueve de octubre; Hoy hace veintinueve días que...; Este verano iremos...; En la primavera vendría...

6.1.64. Tiene el vello del bigote...; ¿Vienes con...?; Es un hombre muy basto; Le duelen los pies por las botas; *Las bacantes* es...; Es un niño muy bello; Perdió todos sus bienes...; Tiene siete hijos varones...; El balido de...; El matrimonio valón...; Posee una finca muy vasta; La caja está vacía; Ese empleo está vacante ahora; ¡Vote por...!; ¿Votas por...?; El barón y la baronesa asistieron al evento; Algunos reyes de España han tenido validos...; Don Quijote creyó que la bacía...; Hay que comprar un balón nuevo...; Huyó en un bote...; Estoy gravado...; Los nativos se rebelaron contra los invasores; Hierva esa sopa veinte...; Es un grabado...; Al final del drama, los ancianos revelaron su secreto.

6.1.65. ¿Has comprado la libra...?; El sustantivo es...; No he bebido mucho vino; Debiste hacer...; Creo absolutamente...; El cubo es...; No salía de su asombro; En invierno preferimos...; La savia es el jugo de los árboles; Por orden gubernativa se prohíbe...; El viento hinchaba las velas del barco; Cervantes estuvo cautivo...; La blusa estaba...; Bajé a la taberna y compré cuatro botellas; El rábano es...; *Las mujeres sabias*...; Entonces íbamos a vivir en...; El benefactor le dio dinero al vagabundo; Recibió una herida muy leve; La joven que servía en la taberna se fue; El labrador cultivaba los campos; No debimos romper ese reloj que funcionaba tan bien; Ambos esclavos fueron objeto de un severo...; La situación no es tan grave; El imperativo es...; Lleva este obsequio a...; No puedo concebir...; El café no debe hervir; Hay posibilidades de que nieve muy...; Dibuja un ángulo obtuso en...; En los astilleros de Marsella acaban de botar un buque; Cave y recave hasta encontrar la estatua de la bacante; Ud. necesita un aval para obtener...; Tenía un bacilo...; Era una vasca muy...; Mi madre lava siempre las sábanas; La soberbia es un pecado grave; Han robado un rubí en Cuba; Le pusieron muchas objeciones a su inventario; Sabía de un suceso tremebundo.

6.2.2. Nos acogieron...; Fue escogido...; La mujer protegía...; Estamos muy afligidos...; El león rugió...; Hay que proteger...; Este dormitorio está refrigerado; Debemos ser morigerados en el...; Las vacas mugieron...; Vamos a corregir...; La madera del suelo crujió...; La abuela le tejió...; Debemos aligerar...; Quien siembra vientos, recoge...; Fingió ser...; Está muy adelantado en geometría; Obtuvo una calificación muy baja en geografía; Se dedica a la geodesia; Su primer marido era geólogo; Se interesa por la geofísica; Hay que buscar el punto geocéntrico; La geopolítica se...; «Las geórgicas» fueron...; Pertenece a una familia de geómetras; Estudió geología...

6.2.6. Es un escritor con mucho ingenio; Tiene que hacerle varios injertos; La ingenuidad...; Tienes indigestión por...; Es un esfuerzo ingente...; Se han injertado sin...; El nuevo ingeniero nos...; El juez fue muy indulgente...; Los indígenas...; Ingirió una...; Los insurgentes quemaron...; Estos injertos no han...; Los indigentes buscaron...; Ese pescado es muy indigesto; Se las ingenió...

6.2.8. Es hijo legítimo; Este manuscrito es ilegible; La legislación no...; Era un héroe legendario; Durante esa legislatura...; Resultó electo legislador; El asunto del legítimo sucesor...; Su firma es legible; Gusta de historias legendarias; Es necesario legislar urgentemente; El poder legislativo apenas...

6.2.10. Los cantares de gesta...; *El gesticulador* es...; Haremos la gestión...; Le están gestionando...; ¡No hagas este gesto!

6.2.12. La gentuza se...; Jenofonte es...; Era una mujer muy gentil; El origen del volcán...; Has logrado una imagen...; Ese escritor ya es octogenario; Ella siempre es muy fotogénica; El agente de ventas ha sido muy bien escogido; Tienen muchas picaduras de jejenes; Su genealogía es...; Fue el primogénito...; La generosidad de aquel gentilhombre...; El bravo general derrotó a los insurgentes; La Constitución dejó de tener vigencia; En la iglesia siempre hacemos genuflexiones; Se cree que Colón fue genovés; Dos líneas rectas pueden ser convergentes y divergentes a la vez; El género humano...; Vino mucha gente a...; El profesor de griego es muy exigente; *El genio alegre* es...; El gendarme...; *La Regenta* es...; El genitivo es...; Trae jengibre para...; Rezó a la Virgen de...; Prepara berenjena rebozada; Debe darnos un buen margen de...; Es urgente hacer...; El comején me...

6.2.14. *Ejercicio libre.*

6.2.16. *Ejercicio libre.*

6.2.18. Las orgías eran...; Debemos evitar el contagio del...; Tendrá pronto su examen de fisiología; Ve a comprar lejía; Le concedieron una importante canonjía; *El mágico prodigioso* es...; Debes encender la bujía; Padezco una fuerte alergia...; Se enriqueció con el agio; Tiene mucha nostalgia de...; La región fue...; Es un hombre muy religioso; Asistimos al mismo colegio; Publicaron un florilegio de...

6.2.20. Le llamaban el doctor Angélico; Tomaron medidas higiénicas; Es un político muy demagógico; Sus conducta es paradójica; Es un marido evangélico; Tenía desarreglos fisiológicos; Su enfermedad era biológica; Su teoría gnoseológica fue muy bien recibida; Soño con ángeles flamígeros.

6.2.22. La esposa del Cid se llamaba Jimena; Las mujeres acudieron...; San Jerónimo es...; Se lamenta como Jeremías; Fuimos a Jerusalen.

6.2.24. No te alojes en...; No dejes que arrojen...; Le atajé en la...; No cejes en tu empeño; Corregí todos los exámenes...; No encajé en...; No fajes a la...; Se dirigió a la...; Quiero que te fijes una...; ¡Ay, Jalisco, no te rajes!

6.2.26. Me enojé mucho...; ¿Tradujiste ya...?; Me alojé en...; La seduje con mis...; Contrajimos matrimonio...; Fue elegida...; Hoy no recuerdas lo que me dijiste ayer; Fuimos a la playa y nos distrajimos mucho; El buzo extrajo el...; El fraile bendijo la...; Es lástima que el protegido de la Marquesa condujera...; Penélope tejía y destejía...; No arrojemos basura...; Dejemos este...; Trabajé toda la...

6.2.28. Han estado ajenos...; Ti conducta debe ser ejemplar; Con este ajetreo en la agencia...; El ejército desfiló frente a muchos agentes...; Escribió en una agenda de ejecutivo...; *Los ejes de mi carreta* es...; La ejecución de...; Hay que ejercer...; La agencia de...; Este ejercicio es... Déjame un ejemplar del...; Esa jugada de ajedrez...; El refresco de ajenjo es muy sano; El reo será ejecutado...; Es un terrible ejemplo...

6.2.30. El mucho callejear es...; Has flojeado en...; Está acostumbrado a zancajear; Sé de qué pie cojea; Tenemos que canjear...; Se granjeó la enemistad...; No lo lisonjee, pues...; ¿Quieres hojear...?; Echa una ojeada por allí; Es una comedia muy burbujeante.

6.2.32. El tren iba lleno de pasajeros; Las revistas extranjeras...; Vengo con frecuencia a esta relojería; El honrado cajero...; Tiene un ligero...; El granjero ha...; El mensajero llegó...; Perdió su collar en aquel agujero; Limpia bien la vinajera de...; Necesitamos un cerrajero...; La encajera hizo...; La granjera esperaba...; Acaban de inaugurar una navajería...; Nuestra cajera fue...

6.2.34. Hay que descifrar ese mensaje; El embalaje de...; Hicimos un viaje...; Dios protege el linaje...; Los herejes eran...; Necesita masajes en...; El oleaje hizo...; Guardo el automóvil en el garaje...; *Madre Coraje y sus hijos*...; Es un gran personaje...; Aquí venden menaje de...; Ese tonel antiguo tiene flejes; El encaje de...; La dama amaba a aquel paje; El paisaje que...; Le gusta el potaje de...

6.2.36. *Ejercicio libre.*

6.2.38. Ponle una hojita de...; Vive lejísimos de...; Regálame una cajetilla de...; Con un gajito de limón...; Erojeció de...; Fue acusado de herejía; Esto que has hecho es una bajeza; El cajista de la imprenta enfermó; Comeremos champiñones al ajillo; Eres ojinegro y cejijunto.

6.2.40. Quítame ese ajito...; La compañia realizó con éxito una gira por...; El vestido quedó hecho jirones; Me agito mucho...; Tiene que tomar dos grageas diarias; Este vejete no se da...; Tropas de cubanos desembarcaron en Playa Girón; En este mundo que tanto gira...; Quiero que no vegete y...; Julio Girón vino a visitarnos.

6.2.41. ¿Te pondrás tu traje de encaje?; Esta historia que me cuentas es muy original; El genitivo es el...; Debe ir en seguida al salón de cirujía; ¿Irás ataviada con un traje regional?; El eje de la rueda...; Tiene un comportamiento ejemplar; Acostumbraba a leer el Génesis; Hizo una apología del recomendado; El gendarme se dirigió a la relojería; El paje estaba en el salón regio; Su familia era...; Es higiénico lavarse...; Le dije lo que la echamos de menos en la agencia; Nos gusta este ajetreo continuo; Trae jengibre para esta noche; Fuimos a ver un espectáculo de magia; Quiero ejercitarme en...; Anduvo callejeando...; Estuvimos bailando música ligera; Ella le protege de...; ¿Compraste el forraje para...?; Se pintarrajea como...; Estas galletas crujen...; Fue víctima de un atroz ultraje; *El viaje* fue...; Elegía el mejor camino para llegar al hospedaje; Me está tejiendo una...; Recogió su ropa y le dejó afligido.

6.3.2. En aquellos años había habido...; He estado...; ¿Hubieras querido...?; Hemos de...; Para entonces habré...

6.3.4. En clase no se debe hablar; Ayer hubo una...; Ya has hecho las...; En esta finca habitan...; Vamos a hacer una...; Dile que no hable...; Habéis hallado una...; Si habla claro le...; Los habitantes de esta...; Hizo todo...; Hemos hablado mucho...; No hallamos ningún...; Haremos muchas cosas...; Hagamos cuenta de que...; Hallé el lápiz que creí perder hace unos meses.

6.3.6. Acaban de inagurar una central hidroeléctrica; Hipócrates fue un...; El hipérbaton es un...; La hipotenusa de este...; Me gustaría viajar en un antiguo hidroavión; El hidrógeno es un....; Nuestro jefe es hipertenso; Esto me parece una hipótesis...; Terminó el plano hidrográfico...; Padecía de hiperestesia; El hipogrifo es...; La hidropesía es una...; Es muy aficionado a la hipérbole; Le poníamos a menudo inyecciones hipodérmicas; Algunos médicos practican la hidroterapia.

6.3.8. *Oraciones que precisaban corrección:* El abuelo murió de hemiplejia (o hemiplejía); El hemisferio occidental...; Está trabajando en el heliógrafo; Es un curso muy heterogéneo; Vendió todas sus hectáreas; Las palabras homónimas son...; Menéndez Pelayo escribió sobre los heterodoxos españoles; El heliotropo es...; La poesía latina usó el hexámetro.

6.3.10. El herido fue conducido en parihuelas...; La aldehuela no quedaba...; Las huestes del conquistador...; Los chicos hicieron un hueco...; Los monos comieron muchos cacahuetes; ¿No hueles las...?; Me gustan mucho los huevos...; El huérfano se fue a la huelga con los otros mineros; El hueso de jamón...

6.3.12. Es una estatua hierático; ¡No hable con tanta hiel!; El hipocampo se llama...; La hipocresía es un...; El hierro es un metal...; La hiena es un animal...; Las bebidas con hierbabuena...

6.3.14. *Ejercicio libre.*

6.3.16. *Oraciones que precisaban corrección:* Humanidad es el conjunto de seres humanos que habitan...; El humo no deja huellas; La humedad hizo daño a los huevos; Aquellas hierbas produjeron una gran humareda al...; El húmero es un hueso...; Los humoristas son casi...; La humildad es una...; Mi habitación es muy húmeda; La hierático señora humillaba a...; Se citaron en aquel paraje muy umbrío; La hierba estaba todavía muy húmeda; El humo de la...

6.3.18. ¡Ah!, ¡qué susto me diste!; ¡Oh!, ¡qué tragedia tan tremenda!; ¡Eh!, ¡no te vayas sin verme!; ¿Eh?, ¿qué me quieres decir?; ¡Ah!, ¡sabía que vendrías!

6.3.20. *Ejercicio libre.*

6.3.22. *Oraciones que precisaban corrección:* Ernesto ha llegado con sus abuelos en el avión; Belleza y hermosura son...; La hermana del ermitaño se llamaba Ernestina; El Hermes de Praxíteles es una obra...; La casa está herméticamente...; Mi tía fue operada de hernia...; La Santa Hermandad se fundó...; Su hermana es muy hermosa.

6.3.24. *Oraciones que precisaban corrección:* Orson Welles es un gran histrión; La historia de ese rey...; A Tennessee Williams le gusta describir mujeres histéricas; Las histología es...; Los historiadores no están de...; Visité el istmo de...; Los hebreos...; Ese paciente tiene un historial complicado.

6.3.26. *Oraciones que precisaban corrección: La honra de los hombres* es...; Uno siempre halla la horma...; Coloca la imagen en la hornacina; Los hospicianos salieron...; Ellos deseaban vivir con mayor holgura; La moribunda fue hospitalizada...; Es muy holgazán este estudiante.

6.3.28. *Ejercicio libre.*

6.3.30. *Oraciones que precisaban corrección:* Vino hasta mi casa...; Nunca he comprendido...; No has cumplido...; La ola lo arrastró...; Las alas del avión...; De una ojeada supo cuántos invitados habían...; ¡Hola!, ¿cómo te encuentras?; El asta de la bandera...; El herrero continuamente herraba...; Toda la tarde has estado hojeando la...; Va hecha una facha...; Ojalá haya estudiado...; Fuimos a un hato...

6.3.32. *Ejercicio libre.*

6.3.33. *Oraciones que precisaban corrección:* Esperamos ahorrar mucho...; Ese hombre es un truhán; La ermita de...; Se ahogaron cuatro...; No deshojes más...; La casa está deshabitada; Por ahí andan...;

Hemos hecho todo lo que hemos podido; Yago, en *Otelo* de Shakespeare, es vengativo e hipócrita; No te cohíbas de lo que desees; *La Bohemia* es...; La poesía está llena de hipérbaton; La huelga fue...; Esta comida huele...; Murío de hidrofobia; Esa aldehuela perdida...; Va a menudo al hipódromo; Vámonos a descansar al bohío; Compró muebles de hierro; Como era pobre le humillaban...; Este grupo es demasiado heterogéneo; Se detuvo en el umbral...; Padece de vahídos; Cultiva los hexámetros...; ¡Ha cundido la histeria colectiva...!; El tema de la honra es...

6.4.2. Los italianos invadieron...; No seas irreflexivo; El herido quedó inválido; Esta guerra es infernal; Estaba tan iracundo...

6.4.4. Debe vivir allí; Tiene un lindo colibrí...; Sueña siempre con una hurí; Me reí mucho...; El manatí es un...; Leí aquí su...; Es muy aficionado a visitar zahoríes; Hago inhalaciones con benjuí; Oí varias canciones...

6.4.6. La paloma cayó...; La torre de Pisa está cayendo...; Estás concluyendo tu...; Quizás haya mucho...; El asesino huyó...; ¿Estás oyendo...?; Esta sinfonía la concluyó el...; Poseyó muchas tierras...; Chopin y George Sand se recluyeron...

6.4.8. Hicimos un hoyo...; Limpió su bayoneta...; En mayo el campo...; Necesita yodo para...; Hicieron un crucero en su yate; Los cónyuges decidieron...; Ayer vinieron a cenar...; Trabaja muy bien el yeso; Los pueblos oprimidos deben sacudir el yugo; La generación del 27 dio una pléyade de poetas.

6.4.10. *Ejercicio libre.*

6.4.12. *Yerma* es una...; Llegó hace poco su yerno de...; Trabajaron mucho en este terreno yermo.

6.4.14. El proyector está...; Tiene que inyectarse...; El trayecto se hizo...; El proyecto se pudo...; Estas inyecciones...

6.4.16. Visitamos los cayos adyacentes al...; César subyugó a...; Necesitamos un disyuntor para...; Tienes una disyuntiva...; Los partidos totalitarios aspiran a subyugar a los pueblos.

6.4.18. Llegó el convoy con...; La grey de los...; Estamos muy contentos con...; Leí tu artículo y...; El buey muge; Necesitamos comprar benjuí; Quien hoy siembra...; No caí en cuenta...; Hay playas muy buenas...; El rey desfiló...; Poseí muchos libros...; Es necesario respetar la ley; Se compró un peine de carey; Ahora voy de...; Argüí muchas veces...

6.4.20. Abelardo y Eloisa...; La casa y el coche...; *Maribel y la extraña familia...*

6.4.22. Salió a pasear en su yate; El tiempo está muy lluvioso; La yuca es un...; *Llegada de los dioses* es un...; Lloró toda la noche...; Recibió una llamada de...; Este terreno es muy llano; Tenemos que comprar una yegua; El yambo pertenece a la...; La casa está llena de...

6.4.24. ¿Vamos a las Fallas de...?; Este folleto acaba...; Tráeme el fuelle para...; Es un hombre muy fullero; Acaba de fallecer en Biarritz...; Ese film es muy folletinesco; La luz penetraba por el follaje; No falles en saber...; Asegura la falleba de...; El tribunal falló en favor...

6.4.26. Compra carne de membrillo; Muele el café en el nuevo molinillo; Me tienes hasta la coronilla; «La Gitanilla» es una de...; No siembres las semillas todavía; Recogía las colillas por...; No salgas con él, porque es un pillo; Echa el pestillo de la ventana; Se fracturó tres costillas; Paseemos por la Costanilla de...

6.4.28. El carbón de hulla ha...; Estuvo un verano en La Haya; Acaban de poner un anuncio en la valla; Encontró una olla llena...; El ciego andaba con un cayado por...; El pollo al ajillo...; Mi hermano tuvo una ama gallega; Debes limpiar el poyo de...; Estuvo callado toda...; No espero que Juan vaya a...; Es preciso que huya...; Lo enterraron en una hoya al...; El niño fue arrollado por...; Martí dijo: «El arroyo de la sierra...»; No halla lo que...

6.4.29. Acabo de escribir un folleto; El yerno de Luis se suicidó hoy; Esa isla está muy...; Aquí nunca...; Espero que haya sido...; Fue quemado por un rayo...; ¿Saliste a pasear en tu caballo bayo?; Estudia idiomas con...; No deja de llover...; Releí ese libro y ya no...; El avión cayó en el mar; Hizo un trabajo en esos yermos; Es un personaje abyecto; Hay que comprar un cuchillo mayor; Es un ilustre profesor uruguayo; Salí de la casa anteayer y...; La yedra ha trepado...; Ya nadie lee *Pablo y Virginia*; Les despertaron las llamas...; Roa Bastos es el novelista paraguayo...; Oí muchas cosas...; Hemos llenado la casa...; Tuviste un fallo...; Les vi ayer tarde en la iglesia; La yarda es una medida...; Fray Bartolomé de las Casas defendió a los indios; Isabel esperaba carta hoy; Visitamos el castillo por la mañana; Estuvimos oyendo sus nuevas canciones; El virrey visitó la plaza.

6.5.2. Fue al médico porque padecía un eczema; Trajo cientos de...; *Las hijas de Zebedeo* es...; Se armó un zipizape tremendo; Me voy a dedicar a estudiar el zéjel; Tiene una cicatriz en...; Cierta noticia te...; El ciervo fue...; Julio César escribió...; Su tía es ciega.

6.5.6. Tiene un aspecto estupendo; Todos dicen que es un actor...; La calefacción está...; El templo azteca fue...; Esta sección de la ciudad...

6.5.8. El embarque estaba consignado...; Sus antecedentes son un estigma...; Viajaba de incógnito...; Esa anécdota es...; Es un técnico en pirotecnia; Toma una dosis muy alta de estricnina; Gracias a la magnanimidad del jefe...; Murió muy dignamente; Busca un facsímil de...; Espero viajar por el río Magdalena.

6.5.10. Quedó empequeñecido ante...; Amaneció muy temprano hoy; El abuelo falleció...; Se enriqueció con...; Enmudeció de terror.

6.5.12. Me dio una salutación...; La ampliación del...; Es precisa la reanudación de conversaciones...; En recordación del mártir, descubrimos...; Vivía al sur de las plantaciones.

6.5.14. Cuando llegó, la colonización era...; Estas generalizaciones son...; Ortega y Gasset habló de la barbarie de la especialización; Le llevó mucho tiempo la naturalización en España; La militarización es muy útil...

6.5.16. Estudió mucho la historia de Isaac; Fue conducido al vivac esa misma noche; No me gusta dormir bajo un techo de zinc...; ¡No tomes tanto cognac!; Tienen que ir de frac a la recepción.

6.5.18. Las diferencias de edades...; Fue condenado por eutanasia; Era un hombre muy recio; La aristocracia fue barrida...; El inicio siempre... Cuida las macetas de hortensias; Por su ignorancia perdió...; Hay que terminar con la vagancia; Su astucia lo elevó...; Le hizo daño la anestesia; Esa obra científica carece de vigencia; Llénate de paciencia para...; Su elocuencia nos deslumbró; Fue víctima del cansancio.

6.5.24. Velázquez es uno...; Ramón Gómez de la Serna..., Los hermanos Álvarez Quintero...; Diego Laínez pertenece al...; Rafael Hernández es un...

6.5.26. Tiene un gran poder de persuasión; La medición de los terrenos se...; La evasión de los presos fue al anochecer; Le llevó tiempo la división de...; Esa inversión le llevó a la suspensión...; No pudieron responder a la agresión; La repartición de los bienes trajo tres divisiones; Se ha cerrado el plazo de admisión; La cesión de las acciones...; Tiene muy poca comprensión para...; Hubo una confusión muy grande en...

6.5.28. Esa expresión de su rostro...; Recibimos una compensación...; El automóvil fue sometido a una cuidadosa revisión; Es un reloj de gran precisión; Hizo profesión de...; Se descubrieron muchas malversaciones; La expulsión de los judíos...; La dispersión de los...; Su confesión le...; La conversación fue muy afectuosa.

6.6.2. Tuvo un exabrupto muy...; Esta esencia me gusta más...; Le salen siempre sus cuentas exactas; Tuvo éxito en su examen; Tiene una enfermedad en el esófago; Esos chicos quedaron exhaustos después...; Está exento del...

6.6.4. Esa empresa extrajo...; Me cuentan que era un hombre muy excéntrico; Ha explotado una...; No debemos exponernos a...; Han exportado todo lo...

6.6.6. Es una noche esplendorosa; Debemos expresar con...; Daba unas explicaciones muy buenas...; *El tren expreso* es un...; Exprime bien las...

6.6.8. Ha tenido una gran popularidad la novela *El exorcista*; Sus restos fueron exhumados...; Los extranjeros se refugiaron...; Padece estrabismo; Su locura le dio por estrangular...; Fue una representación extraordinaria; Siempre fue un hombre muy extraño; Vivía extramuros...; Pidieron la extradición...; No me gusta vivir en el extrarradio...; Sobresalía por su vestuario estrafalario; Se extralimitó en su conducta.

6.6.12. La niña trajo un ramo de asfodelos; La visión del esqueleto...; El tocinillo de cielo es una exquisitez; Luis Escobar escribió *El amor es un potro desbocado*; Se rompió el cristal esmerilado.

6.6.14. La reacción del organismo...; La anexión a Estados Unidos...; Tiene que flexionar...; Nunca demuestra mucha comprensión; La Crucifixión es tema...; Su dicción era...; Tenía una inflexiones...; Buscaba ante todo la perfección; Era de muy débil complexión; El niño hizo bien la división.

6.6.16. Se dedicó a un culto esotérico; Debes entregarme ese texto...; Es una persona con muy poco seso; Explique todo lo ocurrido; No permanezcas estática...; Orestes y Electra pertenecían a la estirpe...; La materia exportada...; Hay muchos filmes que explotan el recurso del sexo; Alabaron mucho la escultura de Santa Teresa extática; Mi abuelo testó...

6.6.17. En el teatro había público de uno y otro sexo; Máximo es el superlativo...; La primavera llegó con su esplendor...; Expresó sus deseos...; El exministro visitó...; Esa gente vivía extramuros; Esto merece una minuciosa explicación; Hemos visto un suceso extraordinario; Es una mujer muy exuberante; Debes añadir a esa receta un poco de esencia...; Concibió una estrategia...; El sacerdote exhortó...; Vienen a expropiar...; Están exhibiendo un espectáculo exotérico (puede ser esotérico); No le gusta viajar en tren exprés; Nos envió una esquela...; Traficaba con esmeraldas...; No se debe exagerar...; Su exclamación...; Tengo que explayarme...; El tirano se extralimitó...; Ése es un problema extemporáneo...; Vive con un grupo de gente estrafalaria; Excavaron en busca...; El contexto lo dice...; El postre resultó exquisito; Subió al estrado...; Es necesario que el cirujano extirpe...; Es extraño que no...; Pasa los veranos en el extranjero.

6.6.18. Es muy inflexible...; La introducción es...; Asistiremos a la reposición...; Han pedido la participación...; Esas ilustraciones están...; Es una exageración evacuar a todos los extranjeros; El automóvil venía en zigzag; Tenía rasgos aztecas; Le operaron de estrabismo; La Restauración española...; Atardecía rnuy lentamente; Hay varias perturbaciones...; La película fue exhibida con gran éxito; El segundo acto es...; Sufrió privación de libertad; Es una comida exquisita; Se dedicaba a la exégesis...; Hizo conexión sin...; La afectó la reducción de...; Enflaquece por días; Le operaron el esófago; Son unos excelentes excéntricos...; Hace tiempo no veo zepelines; Sus exhortaciones no...; María la embelleció para...; No le quedaba bien ese frac; La dispersión de los invitados se debió al portazo; El cadáver fue expuesto...; La corte tenía entonces un gran esplendor; Trajo varias planchas de zinc (o cinc).

6.7.2. Llegó con muchas innovaciones; En la clase de primaria hay cien alumnos; Tiene que indemnizar...; Las fiestas serán muy solemnes; Acudió un sinnúmero de...; Animales omnívoros son...; Hay que practicar la gimnasia; Las columnas de este templo...; Su conducta le ennobleció...; Su amor por él es perenne.

6.7.4. Quiere comprar un álbum...; El tótem de esa...; Se ofreció un tedéum por...; La secretaria escribió sin errores un memorándum urgente; El general envió un ultimátum a...; Se espera la ayuda del Tío Sam; Le confiscaron todos los álbumes...; Se armó un mare mágnum impresionante; *Miriam* es un cuento...; El cuadro se titula *El sacrificio de Abraham*.

6.7.6. Juan convidó a sus hermanos al concierto; La lámpara estuvo encendida...; La ambición rompe...; El campeón fue...; El estampido de la bomba nos...; El nuevo templo es...; Aquel hombre tenía hambre; Debes impedir que venga hoy; En diciembre tenemos...; Hay que cambiar la bombilla; De pronto se vio envuelto en aquel embrollo; Cayó sin dificultad en la trampa; Trabajó de contable en la compañía nacional; Hay que hacer compota de manzanas; Las tardes de noviembre son frescas.

6.7.7. Planea un viaje de circunnavegación; Su conducta es innoble; Su discurso tiene muchas connotaciones...; El campeón fue sobornado por el hampa de...; Al tedéum asistieron muchos funcionarios ministeriales; No tuvieron conmiseración de...; Es innegable que vino...; Confía en la omnipotencia de Dios; El acto fue solemne; Aquí funciona muy bien la limpieza pública; Tampoco vino esta noche; Los alumnos obtuvieron...; Los judíos entonaron un himno antes...; Se espera una amnistía política.

6.8.4. Ramón de Campoamor pertenece al postromanticismo; Ese tema es subrayado por...; Los israelíes combaten con los árabes; Pasamos un fin de semana en Marruecos; Dios es amor; Me agrada viajar en ferrocarril; Las ruedas del carro se rompieron; *Amores y amoríos* es...; La ropa de Enriqueta estaba...; El profesor subrayó todos los errores; Conrado llegó tarde...; Los remeros recibían...; Abundan los rosales en...; Seguiremos la ruta acostumbrada.

6.8.6. Este teatro tiene que renovar su guardarropía; Rafael Alberti tiene una etapa poética superrealista; España tuvo una participación decisiva en la contrarreforma; No sea irreverente; Benjamín Franklin inventó el pararrayos.

6.8.8. La revuelta estudiantil resultó irrelevante; La cultura hispano-romana es...; El tratado anglo-ruso es...; El vice-rector asistió...; La historia grecorromana es apasionante.

6.9.3. Pertenece a la Hermandad de...; Alabad al Señor...; El Nautilus se hallaba a 30º latitud norte; El 12 de octubre es la fiesta de la Hispanidad.

6.9.5. El administrador hubo de dirigir una admonición a los herederos; No pudo disimular su admiración por el joven atleta; Dadme vosotros una buena razón para que admita ese...; Luisa Llagostera ganó el premio Ciudad de Barcelona.

6.9.7. En aquel istmo se descubrieron curiosas peculiaridades étnicas; Quedó admirado al contemplar el gran mamut; La humedad atmosférica echó a perder el vermut; Dijo Cristo: «Haced esto...»; Los implicados en el complot fueron denunciados por sus adláteres.